FP

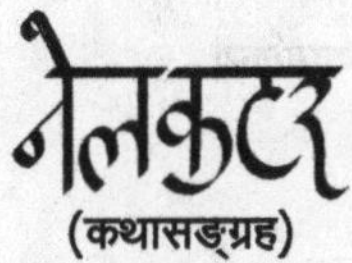

नेलकटर
(कथासङ्ग्रह)

उदय प्रकाश

अनुवाद : यज्ञश

FP

प्रकाशक : फाइनप्रिन्ट बुक्स
कर्पोरेट तथा सम्पादकीय कार्यालय
फाइनप्रिन्ट प्रा. लि.
विशालनगर, काठमाडौं
पोस्ट बक्स : १९०४१
फोन : ०१-४४४३२६३
इमेल : fineprint@wlink.com.np
वेबसाइट : www.fineprint.com.np

उदय प्रकाशद्वारा हिन्दीमा लिखित कथाहरूको सङ्ग्रहहरूबाट छानिएका कथाहरूको सङ्ग्रह हो यो । फाइनप्रिन्टद्वारा प्रथम पटक माघ २०७३ (सन् २०१७) मा लेखक उदय प्रकाशसँग अनुवाद अधिकार लिई प्रकाशित ।

ISBN : 978-9937-665-20-9

NAILCUTTER BY UDAY PRAKASH

लेखकबारे

सन १९५२ मा जन्मेका **उदय प्रकाश** भारतीय कवि, पत्रकार, अनुवादक र कथाकार हुन् । उनले प्रशासक, सम्पादक, अनुसन्धानकर्ता र टीभी निर्देशकका रूपमा काम गरेका छन् । उनी विभिन्न अखबार र पत्रपत्रिकाका लागि पनि लेख्छन् । उनका कविता र आख्यानले थुप्रै भारतीय तथा अन्तर्राष्ट्रिय साहित्यिक पुरस्कार प्राप्त गरेका छन् । कन्नडा लेखक एम.एम. कलबुर्गीको हत्या र अन्य लेखकहरूमाथि भएका हमलाबारे भारतीय साहित्य अकादमी चुप रहेको विरोधमा उनले आफूले पाएको साहित्य अकादमी पुरस्कार फिर्ता गरेका थिए ।

अनुवादकबारे

करिब डेढ दशकदेखि पत्रकारितामा संलग्न **यज्ञश** चलचित्र समीक्षा, साहित्य र व्यक्तिचित्र लेखनमा रूचि राख्छन् । उनले चलचित्रका लागि पटकथा पनि लेखेका छन् । नयाँ पत्रिका र नागरिक दैनिकलगायत करिब एक दर्जन पत्रपत्रिकामा काम गरेका उनी सात वर्षदेखि कान्तिपुर दैनिकसँग आबद्ध छन् उनले उदय प्रकाशको लघुउपन्यास *मोहनदास* पनि अनुवाद गरेका छन् । उनको पहिलो पुस्तक *भुइयाँ* फाइनप्रिन्टबाट प्रकाशित छ ।

कथाक्रम

१.

नेलकटर

साउनमा घाँस र वनस्पतिको हरियो रङमा हल्का अँध्यारोजस्तो रङ मिसिएको हुन्छ । हावा गह्रौं र तरल । हावामा पानीका कण मिसिएर उडिरहेका हुन्छन् ।

यसै महिना राखी बाँधिन्छ । श्रावण पूर्णिमा (कजरी पूनम) हुन्छ । नागपञ्चमीमा गोबरका सातवटा नाग बनाइन्छ । दुनामा दूध र खट्टेको लड्डु राखेर हामी सर्पका काँचुली खोज्न जान्थ्यौं । हरियरी औंसी (श्रावण औंसी) पनि यसै महिना पर्छ । म अग्ला-अग्ला बाँस ल्याएर तिनलाई खुट्टा टेकेर हिँड न मिल्ने बनाउँथें र तिनमा चढेर अग्लो भएर हिँड्थें । त्यसबेला मेरो उचाइ बाह्र फुटजति हुन्थ्यो होला ।

आमाको कोठा घरको दक्षिणपट्टि थियो । बम्बईको टाटा मेमोरियल अस्पतालबाट उहाँलाई ल्याइएको थियो । आमाले केही खानु हुन्थेन, खालि अनारको रसमात्रै पिउनुहुन्थ्यो । बोल्न पर्दा उहाँ डाक्टरले आफ्नो घाँटीमा बनाइदिएको प्वालमा औंला राख्नुहुन्थ्यो । त्यहाँ एउटा पाइप (ट्युब) लगाइएको थियो । त्यसैबाट उहाँ सास फेर्नुहुन्थ्यो । उहाँको आवाज निकै मधुरो, चिसो र कमजोर हुन्थ्यो ।

कुनै यन्त्रको जस्तो आवाज । मानौं, कोठाभित्र मधुरो आवाजमा रेडियो बजिरहेको छ र बाहिर मेघ गर्जनसहित साह्रै ठूलो पानी परिरहेको छ, बिजुली चम्किइरहेको छ । अथवा, कुनै दुई स्टेसनबीच समय कतै अड्किएजस्तो !

बोल्दा आमालाई पीडा हुन्थ्यो । यसैले उहाँ कम बोल्नुहुन्थ्यो । त्यो यन्त्रको जस्तो आवाजमा हामी आमाको पुरानो बोली खोज्ने प्रयास गर्थ्यौं । कहिलेकाहीँ हामी आमाको पहिलेको आवाजको अंश भेट्टाउँथ्यौं पनि । त्यसबेला हामी आमालाई भेट्थ्यौं, जुन आमा हाम्रो स-सानो स्मृतिमा हुनुहुन्थ्यो ।

तर, आमालाई सुन्न भने सबै चीज मन लाग्थ्यो । जब हामी बोल्थ्यौं, झगडा गर्थ्यौं, कराउँथ्यौं वा कसैलाई बोलाउँथ्यौं, आमा निकै व्यग्र भएर हाम्रो आवाज सुन्नुहुन्थ्यो । सायद, हाम्रा शब्दले उहाँलाई सन्तोष दिन्थे ।

उहाँको आँखामात्रै यस्तो चीज थियो, जसलाई हेर्दा मलाई लाग्थ्यो, आमा कहीँ जानु हुने छैन (मेरो पूरा जीवनभर उहाँ यहीँ रहनुहुनेछ) । म सधैंका लागि उहाँको उपस्थिति चाहन्थें । चाहे त्यो उपस्थिति कुनै चित्र वा मूर्तिको जस्तो किन नहोस् । शब्दहीन, आवाजहीन भए पनि फरक पर्दैन । तर, म चाहन्थें त्यो उपस्थितिमा उहाँ जिउँदै भएको विश्वास होस् ।

म कहिलेकाहीँ साह्रै डराउँथें र रुन्थें पनि । आफ्नो जीवनमा अचानक म एउटा रिक्तता देख्थें (एकदम खाली ठाउँ) । त्यो साह्रै डरलाग्दो हुन्थ्यो । त्यस दिन आमाले मलाई बोलाउनुभयो । बाहिर

चउरको घाँस गाढा हरियो थियो । आकाशमा बादल मडारिरहेको थियो । हावा गहुँगोजस्तो लाग्थ्यो । त्यो पानीका कणले भिजेको हावा थियो ।

आमाले मेराअगाडि आफ्नो मुठी खोलेर हात फैलाउनुभयो । उहाँको दाइने हातको साइँली औंलाको नङ एकापट्टि भाँच्चिएर खुँडे भएको थियो । यसले उहाँलाई सकस भइरहेको थियो ।

देख्ने बित्तिकै मैले आमाको कुरा बुझें । नेलकटर ल्याएर आमाको पलङमुनि भुइँमा बसें । नेलकटरमा भएको रेतीले घोटेर उहाँको त्यो नङलाई बराबर बनाउनु पर्ने थियो । मैले यो काम गरिदेओस् भन्ने आमा चाहनुहुन्थ्यो । त्यो नेलकटर बुबाले दुई वर्षपहिले कुम्भ मेलाबाट फर्किने बेला इलाहावादबाट ल्याउनुभएको थियो । नेलकटरमा एउटा नीलो काँचको सानो सितार झुन्डिएको थियो ।

आमाका औंला साह्रै साना भएका थिए । कत्ति पनि रगत नभएजस्ता । छाला पनि पहेंलिएको थियो । पहेंलो पनि होइन, फुस्रो । एकदम चिसो औंला । यस्तो चिसोपना, जुन कुर्सी, मेच, ढोका वा साइकलको ह्यान्डलजस्ता निर्जीव चीजमा हुन्छ ।

उहाँको हात यति हलुङ्गो कसरी हुन सक्छ ? हातको सारा वजन कहाँ गयो ? त्यो भार नै सायद जीवन हुन्छ होला, जसलाई पृथ्वीले आफ्नो चुम्बकद्वारा आफूतर्फ तान्ने गर्छ । यो जीवन आमासँग निकै कममात्र बाँकी थियो किनभने पृथ्वीले उहाँलाई तान्न बिस्तारै छोडिरहेको थियो ।

उहाँको हात मेरो हातमा थियो । म बिस्तारै नेलकटरको रेतीले उहाँको नङ घोटिरहेको थिएँ । म उहाँका नङलाई निकै सुन्दर, ताजा र चम्किलो बनाउन चाहन्थें ।

नङ मिलाउँदा मिलाउँदै म एकपटक हाँसें । त्यसपछि मुस्कुराइरहें । आमालाई ढाडस दिने र उहाँलाई खुसी बनाउने यो मेरो आफ्नै तरिका थियो । नङ मिलाउँदै मैले आमालाई हेरें । रेतीले बिस्तारै नङ घोटिरहँदा उहाँले बडो आनन्द मानिरहनुभएको थियो । उहाँको अनुहारमा त्यो आनन्दको रङ पोतिएको थियो । त्यो आनन्द एक ठाउँमा मात्र होइन, शरीरभरि फैलिएको थियो । उहाँका आँखा बन्द थिए ।

मलाई पूरा एक घन्टा लाग्यो । तर, मैले एउटा मात्र होइन, सबै औंलाका नङ सुन्दर बनाइदिएँ । आमाले आफ्ना औंलाहरू हेर्नुभयो । त्यो कति कमजोर र हारको क्षण होला, जब तपाईंलाई नङले जीवनको विश्वास दिन्छन् । नङहरू सुन्दर र चिल्ला भएका थिए ।

आमाले मेरो कपाल मुसार्नुभयो । उहाँ केही बोल्न चाहनुहुन्थ्यो तर मैले उहाँलाई रोकें । बोल्न पाएदेखि उहाँले सोध्नु हुने थियो— मैले टाउको किन ननुहाएको ? कपालमा साबुन किन नलगाएको ? टाउकोमा यति धेरै धूलो किन छ ? कपाल किन नकोरेको ?

रात चिसो थियो । बाहिर ठूलो पानी परिरहेको थियो । साउनको निःशब्द रातमा माथिमाथि आकाशबाट झरेको पानीको स्वर बेग्लै हुन्छ । एउटा गम्भीर आवाज । यस्तो आवाज मानौं, संसारको सबै

हावा एउटा ठूलो भाँडोभित्र एकोहोरो घुमिरहेको छ । सबैतिरबाट बन्द भाँडोभित्र !

बिहान पाँच बजे । आँगनमा पाँच जना आइमाई रोइरहेका थिए । यो रुवाइ थिएन, विलाप थियो । मैले थाहा पाएँ, आमा राति निद्रामा नै समाप्त हुनुभयो ।

आमा सिद्धिनुभयो ।

मैले फेरि कहिल्यै उहाँका घोटिएका नङ देखिनँ ।

मैले त्यस रात सुत्नुभन्दा अघि मेरो सिरानीमुनि नेलकटर राखेको थिएँ । मैले त्यो नेलकटरलाई निकै खोजें । आजसम्म खोजिरहेको छु । कैयौं वर्षपछि पनि । तर, त्यो आज पनि भेटिएको छैन । थाहा छैन, त्यो कहाँ हरायो ।

हुन सक्छ, त्यो सजिलै भेट्न सकिने नजिकैको ठाउँमा राखिएको होला । तर, मैले बिर्सिएका कारण नभेटिएको हुन सक्छ । म अक्सर त्यसको खोजमा हुन्छु ।

किनभने, चीजहरू कहिल्यै हराउँदैनन् । ती त्यहीँ रहन्छन्, आफ्नो पूरा अस्तित्व र वजनका साथ । खालि हामी तिनका ठाउँ मात्र बिर्सिन्छौं ।

२.

अपराध

दाइ मभन्दा छ वर्ष जेठा थिए । अचम्म के थियो भने गाउँका प्रायः सबै केटा मभन्दा छ वर्षजति नै जेठा थिए । म सबैभन्दा कान्छो थिएँ । र, एक्लो पनि । खेल्नका लागि मेरै उमेरका कोही साथी थिएनन् । त्यसैले जब सबै जना खेल्न थाल्थे, म उनीहरूको पछि लाग्थे ।

दाइ बच्चैदेखि अपाङ्ग थिए । उनको एउटा खुट्टामा पोलियो भएको थियो । उनी साह्रै सुन्दर थिए । देउताजस्तै । हाम्रो वरपरका गाउँमा उनीजत्ति गजबले पौडी खेल्न जान्ने अर्को कोही थिएन । पन्जा लडाउनमा पनि उनलाई कसैले हराउन सक्दैनथ्यो । बलियो कति भने एक मुक्का हानेर उनी नरिवल र ईँटा फोरिदिन्थे ।

म भने बाँसको सिन्कोजस्तो थिएँ । साह्रै लुरे । कमजोर र किचकिचे पनि । मलाई दाइको ईर्ष्या लाग्थ्यो । किनभने, उनका धेरै साथी थिए ।

म सबभन्दा कान्छो भाइ थिएँ । यसैले म दाइका लागि उत्तरदायित्वजस्तै थिएँ । उनले मलाई माया गर्थे र संरक्षकले जसरी जिम्मेवार व्यवहार गर्थे ।

सबै जना मिलेर जब खेल्न थाल्थे, सानो भएका कारण म एक्लै हुन्थें । यस्तो बेला मलाई लिन दाइ नै आउँथे । जोडी बनेर खेल्ने वा पालो बाँधेर खेल्ने खेल छ भने उनी मलाई त्यसमा सहभागी गराउँथे । मलाई आफ्नो टिममा राख्दा हारिन्छ भन्ने डरले अरू कसैले पनि खेलाउन मान्दैनथे । दाइ पनि प्रायः मेरै कारणले हार्थे । हारे पनि उनी मलाई कहिल्यै केही भन्दैनथे । म उनको जिम्मेवारी थिएँ, जसलाई उनी निर्वाह गर्न चाहन्थे । मलाई याद भएसम्म उनले मलाई कहिल्यै पनि पिटेनन् ।

म जे कुरा भन्न गइरहेको छु, त्यो दाइ र मेरै कुरा हो । यो निकै महत्त्वपूर्ण छ । यस्तो घटना, जसले जीवनभर तपाईंको साथ छोड्दैन र अक्सर स्मृतिको बीचबीचमा आएर कतैबाट आगोजसरी सल्किन थाल्छ । आगो जोगाएर बसेको कोइलाजस्तो सम्झना ।

त्यस दिन म दाइसँग खेल्न गएको थिएँ । पानी पर्न रोकिएर घाम लागिरहेको थियो । यो घामले शरीरमा उल्लास भरिरहेको थियो । यस्तो बेला कुनै पनि खेल निकै तेज, कडा, प्रतिस्पर्धात्मक र सम्मोहक बन्न पुग्थ्यो ।

केटाहरू खडब्बल (डन्डीबियोजस्तै तर हातले खेलिने खेल) खेलिरहेका थिए । सबैका हातमा खडब्बल थिए । उनीहरू पूरा बल लगाएर खडब्बललाई जमिनमा अगाडि हुत्याइरहेका थिए । शक्ति र संवेगले भिजेको धर्तीमा खडब्बल हुत्तिएर टाढा पुग्थ्यो ।

त्यहाँ एउटा होड, एउटा प्रतिद्वन्द्विता सुरू भइसकेको थियो । तर, मसँग त्यति शक्ति पनि थिएन, न म खडब्बल टाढासम्म हुत्याउने

सक्थें । यो खेलमा कसैको पालो हुन्थेन, कसैको कोही जोडी हुन्थेन ।
हरेक आ-आफ्नो शक्ति अनुसार भिडिरहेका थिए ।

दाइ खेलमा डुबिसकेका थिए । कति-कतिखेर उनी पछि
परेर हारिरहेका थिए । त्यसैले रिस र तनावमा झन् बल लगाएर
खेलिरहेका थिए, खडब्बल फालिरहेका थिए । उनले त्यहीँ भएको
मलाई बिर्सिइसकेका थिए । म एक्लै छुटेको थिएँ । म छ वर्ष पछि
छुटेको थिएँ । कमजोर । त्यस दिन त्यस खेलमा सहभागी हुनका
लागि मैले छ वर्षको दूरी पार गर्नुपर्थ्यो । जुन म गर्न सक्दिनथें ।

केहीबेरको खेलपछि दाइले जित्न थाले । जितको खुसी र
उत्तेजनामा उनको अनुहार धप्प बलेको थियो । उनले एकपटक पनि
मतिर फर्केर हेरेनन् । उनले मलाई पूरै बिर्सिइसकेका थिए ।

पहिलो पटक मलाई लाग्यो, म त्यहाँ छैन । मेरो अस्तित्व
त्यहाँ थिएन । मलाई रुन मन लागिरहेको थियो । मलाई साह्रै रिस
उठिरहेको थियो । र, यसको बदला लिन्छु भन्ने अठोट मभित्र पैदा
भइरहेको थियो । म एक्लै एक छेउमा बसेर आफ्नो खडब्बलले
ढुङ्गामा हानिरहेको थिएँ । म ईर्ष्या, हीनताबोध, उपेक्षा र नगण्यताको
तापमा जलिरहेको थिएँ ।

त्यही बेला ढुङ्गामा हानिरहेको खडब्बल उछिट्टिएर आएर मेरो
निधारमा लाग्यो । निधार फुट्यो, रगत आउन थाल्यो । म चिहिरिएँ ।
दाइले थाहा पाए र मतिर दौडेर आए । खेल बीचमै रोकियो ।

'के भयो, के भयो' भन्दै दाइले आफ्नो हत्केलाले मेरो निधार
समाए । निधारबाट रगत आइरहेको देखेर दाइ पनि डराएका थिए ।

मेरो रिस मरेको थिएन । मेरो उपेक्षा गरेकामा म दाइलाई सजाय दिन चाहन्थें ।

मैले दाइलाई धकेलिदिएँ । उनको हात मेरो निधारबाट छुट्यो । अनि, म घरतिर दौडिएँ । दाइ झन् डराए । उनी मलाई पछ्याउँदै आइरहेका थिए । उनी मलाई फकाउन, फुल्याउन चाहन्थे । दाइको दाहिने खुट्टो पोलियोको सिकार भएकाले उनी मजति दौडिन सक्दैनथे । उनले खोच्याउँदै दौडिन खोजे तर सकेनन्, लडे ।

मेरो कमिज रगतले भिजेको थियो । टाउको रगतमा लतपतिएको थियो । मेरो अवस्था देखेर आमा डराउनुभयो र रुन थाल्नुभयो । बुबाले हडबडाउँदै मेरो घाउमा पाउडर लगाउनुभयो । मैले आमालाई रुँदै भनें, 'दाइले मलाई खडब्बलले हान्यो ।'

दाइ खोच्याउँदै आइपुगे । एक्लै । मैले उनलाई दोष लगायो भन्ने उनलाई शङ्का लागेको थियो होला सायद उनी निकै डराइरहेका थिए ।

दाइले मैले हानेको होइन' भनेर धेरैपटक भने । भनिरहे । तर, बुबाले उनलाई पिटिरहनुभयो । उनको कुरा कसैले सुनेन । दाइ रोइरहे । उनले भनेको कुरा साँचो थियो तर उनैलाई सजाय दिइएको थियो ।

मैले दाइको अनुहारतिर हेरें । उनी मतिरै हेरिरहेका थिए । उनका आँखा राता थिए । ती आँखामा करुणा र कायरताको भाव थियो, मैले सत्य बोलिदेओस् भनेर उनी याचना गरिरहेका थिए । तर, त्यतिबेलासम्म ढिलो भइसकेको थियो । दाइले सजाय पाइसकेका थिए । फेरि अहिलेको अहिल्यै यति चाँडै कुरा बदल्न पनि ठीक

हुँदैनथ्यो । के थाहा, यसो गर्दा बुबाले मलाई नै पिट्नुहुन्थ्यो कि ?
मलाई डर लागेको थियो ।

यो वर्षौं पुरानो घटना हो । दाइका ती काँतर आँखाले अहिले पनि
मलाई बेलाबेला एकोहोरो हेरिरहेजस्तो, याचना गरिरहेजस्तो, 'साँचो
बोल्दे भाइ' भनेर अनुनय-विनय गरिरहेजस्तो लाग्छ । जब-जब ती
आँखा मेरो स्मृतिमा आउँछन्, तब मेरो पूरै चेतना ग्लानि, छटपटी र
अपराधबोधले भरिन्छ ।

म आफ्नो यस अपराधका लागि क्षमा माग्न चाहन्छु । यो
अपराधको सजाय भोग्न चाहन्छु । तर, त्यस दिन खासमा के भएको
थियो भनेर सत्य कुरा सुनाउनका लागि अब न आमा हुनुहुन्छ, न बुबा ।

मलाई जम्मा एक जना मानिसले क्षमा गर्न सक्छ र ऊ हो—
दाइ । किनभने, मैले बोलेको झूटको सजाय उनले भोग्नु परेको
थियो । मैले उनलाई यसबारे धेरै पटक बताउन खोजें । तर, उनलाई
त यो घटना नै याद छैन । उनले त यसलाई पूरै बिर्सिइसकेका छन् ।

त्यसो भए यो अपराधका लागि मलाई कसले क्षमा गर्न
सक्छ ?

तिरिछ

यो घटना पिताजीसँग जोडिएको छ । मेरो सपना र सहरसँग पनि यसको सम्बन्ध छ । सहरप्रतिको जुन एउटा जन्मजात भय हुन्छ, त्यससँग पनि सम्बन्धित छ ।

पिताजी पचपन्न वर्ष पुग्नुभएको थियो । दुब्लो मान्छे । कपाल फुलेर मकैका जुँगाजस्ता सेता र कैला भएका थिए । उहाँ निकै सोच्नुहुन्थ्यो, साह्रै कम बोल्नुहुन्थ्यो । जब बोल्नुहुन्थ्यो, हामीलाई एक किसिमको राहत महसुस हुन्थ्यो, मानौँ धेरैबेरदेखि रोकिएको सास निस्किइरहेको होस् । साथसाथै डर पनि लाग्थ्यो । किनभने, हामी बच्चाका लागि उहाँ ठूलो रहस्य हुनुहुन्थ्यो । हामीलाई थाहा थियो— संसारका सबै ज्ञान उहाँसँग थियो । हामीलाई थाहा थियो— संसारका सबै भाषा उहाँ बोल्न सक्नुहुन्थ्यो । हामीलाई लाग्थ्यो— संसारले उहाँलाई चिन्छ र उहाँसँग हामीजस्तै डराउने भएकाले उहाँको सम्मान गर्छ ।

हामी उहाँको सन्तान भएकामा गर्व गर्थ्यौं ।

कहिलेकाहीँ, वर्षमा एक-दुईपटक जस्तो उहाँ हामीलाई साँझमा बाहिर टहलाउन लैजानुहुन्थ्यो । निस्किनुभन्दा पहिला उहाँ मुखमा

एक फाँक सुर्ती हाल्नुहुन्थ्यो । सुर्तीका कारण बोल्न मिल्थेन । त्यसकारण उहाँ मौन रहनुहुन्थ्यो । त्यो मौनता हामीलाई गम्भीर, गौरवशाली, आश्चर्यजनक र वजनदार लाग्थ्यो । यसरी हिँड्दा बहिनीले पिताजीलाई केही सोधी भने म तुरुन्तै त्यसको उत्तर दिने प्रयास गर्थें । ता कि, पिताजीले केही बोल्न नपरोस् ।

तर, यो काम बडो कठिन र जोखिमपूर्ण हुन्थ्यो । किनभने, मैले दिएको उत्तर गलत परेको खण्डमा पिताजीले बोल्नैपर्ने हुन्थ्यो । र, उहाँलाई बोल्न गाह्रो हुन्थ्यो । पहिलो त, मुखमा भरिएको सुर्तीको रस थुक्नुपर्थ्यो । दोस्रो, मौनतामा उहाँ जुन संसारमा विचरण गरिरहनुभएकोहुन्थ्यो, त्यो टाढाको संसारबाट निस्किएर हाम्रो संसारमा आइपुग्न लामो दूरी पार गर्नुपर्थ्यो । हुन त बहिनीका प्रश्न खासै केही हुन्थेनन् । जस्तै : ऊ त्यो परको रुखको हाँगामा बसेको चराको नाम के हो ? म गाउँवरपर देखिने सबै चरा चिन्थें । त्यसैले फटाफट भनिदिन्थें– त्यसको नाम नीलकण्ठ हो र यो जहिले पनि दसैंकै दिनदेखि देखिन थाल्छ ।

पिताजीले बोल्न नपरोस् र उहाँले सोच्न पाइरहनुहोस् भन्ने मेरो पूरा प्रयास हुन्थ्यो ।

आमा र म सधैं पिताजी आफ्नो दुनियाँमा सुखचैनले रहन पाउनुहोस् भन्ने प्रयास गर्थ्यौं । त्यो दुनियाँबाट उहाँलाई बाहिर ल्याउन नपरोस् भन्ने हामी चाहन्थ्यौं । त्यो संसार हाम्रा लागि रहस्यपूर्ण थियो तर हाम्रो र घरका प्रायः सबै समस्या पिताजी त्यहीँ बसीबसी हल गर्नुहुन्थ्यो । एकफेर हाम्रो घरमा भएको अन्तिम

ग्लास पनि हरायो । हामी लोटाबाटै पानी पिउँथ्यौं । त्यही समय मेरो स्कुलको फिस तिर्नुपर्ने भयो । फिसको कुरा सुनेर पिताजी दुई दिनसम्म एकदम चुप बस्नुभयो, कसैसँग केही बोल्नुभएन । आमालाई पनि शङ्का लागेको थियो– कि त उहाँले फिसको कुरै बिर्सनुभयो, कि फिस तिर्न उहाँ असमर्थ हुनुहुन्थ्यो । तर, तेस्रो दिन बिहान सबेरै उहाँले चिट ठी खामभित्र राखेर मलाई दिई सहरको डाक्टर पन्तको घरमा पठाउनुभयो । उनले मलाई सर्बत खुवाउँदा, घरभित्र लगेर आफ्नो छोरासँग चिनाउँदा र सय-सयका तीनवटा नोट झिकेर दिँदा मलाई बडो आश्चर्य लागेको थियो ।

हामीलाई पिताजीप्रति गर्व थियो । हामी उहाँलाई प्रेम गथ्यौं । उहाँसँग डराउँथ्यौं । पिताजी सँगै हुँदा लाग्थ्यो– हामी कुनै बलियो किल्लाभित्र छौं । यस्तो किल्ला, जसको चारैतिर गहिरो नहर खनिएको छ, अग्ला बुर्जा छन् र भित्ता एकदमै कडा ढुङ्गाले बनेका छन्, जुन किल्ला हर प्रकारले अभेद्य छ ।

पिताजी एउटा बलियो किल्ला हुनुहुन्थ्यो, जसको सुरक्षामा हामी सबै कुरा बिर्सेर खेल्थ्यौं, दगुथ्यौं । राति म निकै गहिरो निद्रा सुत्थे ।

त्यस दिन साँझ बाहिरबाट फर्किंदा पिताजीको खुट्टाको गोलीगाँठोमा पट्टी बाँधिएको थियो । एकछिनपछि हाम्रो घरमा गाउँलेहरू जम्मा हुन थाले । अनि, बल्ल थाहा भयो, पिताजीलाई जङ्गलमा तिरिछ (एक किसिमको विषालु छेपारो)ले टोकेछ ।

सबैलाई थाहा थियो, तिरिछले टोकेको मान्छे बाँच्दैन । यसैले होला, राति लालटिनको मधुरो उज्यालोमा भए पनि गाउँका मानिस

हाम्रो आँगनमा जम्मा भएका थिए । मान्छेहरू आँगनको भुइँमा थ्याच्चै बसेका थिए । पिताजी उनीहरूको बीचमा हुनुहुन्थ्यो । अलि पछि पल्लो गाउँबाट चुटुआ नाई पनि आइपुग्यो । उसले अण्डीको पात र बियाँको खरानी प्रयोग गरेर विष निकाल्थ्यो ।

मैले एकपटक तिरिछ देखेको थिएँ ।

तलाउको किनारामा ठूलठूला ढुङ्गाको थुप्रो थियो । मध्याह्नको घाममा यी ढुङ्गा तातेर रन्किन्थे । तिनै तातेका कुनै ढुङ्गाको चेपबाट निस्किएर तिरिछ तलाउमा पानी खान आएको थियो ।

मसँग थानु थियो । उसले तिरिछ देखाउँदै भन्यो– यो तिरिछ हो, यसमा कालो नागको भन्दा सय गुणा बढी विष हुन्छ । उसैले मलाई भन्यो– सर्पले त कसैले कुल्चियो वा कसैले सतायो, तर्सायो भने मात्रै मानिसलाई टोक्छ तर तिरिछले त मान्छेलाई देख्ने बित्तिकै झम्टिन्छ । लखेटिहाल्छ । तिरिछले लखेट्यो भने कहिल्यै सीधा भाग्नु हुँदैन, बाङ्गो-टिङ्गो भएर वा गोलो-गोलो भएर दौडिनुपर्छ ।

वास्तवमा जब मानिस जमिनमा दौडिन्छ, उसले जमिनमा पैतालाको छापमात्र छोड दैन बरु हरेक छापसँगै आफ्नो गन्ध पनि त्यहाँ छोड्छ । तिरिछले मानिसको त्यही गन्धलाई पछ्याउँछ । त्यस दिन थानुले मलाई तिरिछलाई कसरी छक्याउने भन्ने उपाय पनि बतायो । उसले भन्यो– भाग्दाखेरि पहिले स-साना पाइला चाल्ने र अलि पछि निकै लामो छलाङ लगाउने । यसो गर्दा नजिकैका पाइला पछ्याउँदै तिरिछ निकै छिटो दौडिन्छ तर जब लामो छलाङ आउँछ, ऊ पाइला नभेटेर अलमलिन्छ । जति धेरै लामो पाइला भयो,

तिरिछ त्यति बढी अलमलिन्छ किनभने, उसले पाइतालाको छापमा टाँसिएको मानिसको गन्ध पत्ता लगाउन सक्दैन ।

तिरिछबारे हामीलाई अरू दुइटा कुरा थाहा थियो ।

पहिलो, कुनै मानिसलाई टोकेपछि तिरिछ त्यहाँबाट भाग्छ र कतै गएर पिसाब फेर्छ । अनि, त्यही पिसाबमा लटपटिन्छ । यदि तिरिछले त्यसो गर्‍यो भने उसले टोकेको मानिस बच्नै सक्दैन । यसबाट बच्ने हो भने तिरिछले पिसाब फेरेर त्यसमा लटपटिनुभन्दा पहिले नै टोकिएको मानिसले कुनै नदी, पोखरी वा कुवाको पानीमा चोबलिनुपर्छ वा पिसाब फेर्नुअघि नै तिरिछलाई मारिदिनुपर्छ ।

दोस्रो, तिरिछले मानिसलाई तबमात्रै लखेट्छ, जब मानिससँग उसको आँखा जुध्छ । यसैले तिरिछ देखियो भने कहिल्यै उसँग आँखा जुधाउनु हुँदैन । आँखा जुध्नासाथ तिरिछले मानिसको गन्ध थाहा पाउँछ र लखेट्छ । त्यसपछि त चाहे मानिसले पृथ्वीकै चक्कर लगाओस्, तिरिछ पछिपछि आउँछ ।

अरू बच्चाहरूजस्तै त्यतिबेला म पनि तिरिछसँग साह्रै डराउँथें । मेरो दुःस्वप्नका दुई सबभन्दा खतरनाक पात्र थिए— एउटा हात्ती, अर्को तिरिछ । हात्ती त तै बिसेक दौड्दा-दौड्दा थाक्थ्यो र म रुख चढेर बच्थें । कहिले उडेर बच्थें । तर, तिरिछका अगाडि त म कुनै इन्द्रजालमा बाँधिएजस्तो हुन्थें । म सपनामा कतै गइरहेको हुन्थें, कहाँबाट हो कहाँबाट त्यो आइपुग्थ्यो । त्यो कहाँ भेटिन्छ भन्ने टुङ्गो हुन्थेन । ढुङ्गाको चेपमा, कुनै थोत्रो घरको करेसामा वा झाडीको नजिकमात्रै भेटिन्छ भन्ने हुन्थेन, कहिले सहरबजारमा,

कहिले फिल्म हलमा त कहिले पसलमा देखिन्थ्यो । कहिले त मेरो कोठामै देखिन्थ्यो ।

सपनामा तिरिछसँग आँखा नजुधोस् भनेर म निकै प्रयास गर्थें । तर, त्यसले यस्तो परिचित आँखाले मलाई हेर्थ्यो कि म आफूलाई रोक्नै सक्दिनथें । जब आँखा जुध्थ्यो, त्यसको दृष्टि नै बदलिन्थ्यो अनि त्यो मतिर दौडिन्थ्यो, म बेपत्ताले भाग्थें ।

म गोलचक्कर लगाउँदै दौडन्थें । स-साना पाइला चालेर एकैचोटि लामो छलाङ लगाउँथें । उड्ने प्रयास गर्थें, कुनै अग्लो ठाउँमा चढ्थें । तर, हजार प्रयासका बाबजुद म त्यसलाई छक्याउन सक्दिनथें । मलाई ऊ बडो चतुर, घाघ, समझदार र खतरनाक लाग्थ्यो । मलाई लाग्थ्यो, यसले मलाई बडो राम्रोसँग चिन्छ । उसका आँखामा मलाई देख्दा जुन चमक देखिन्थ्यो, त्यसले मलाई लाग्थ्यो– यो मेरो यस्तो शत्रु हो, जो मेरो दिमागमा आउने प्रत्येक विचार थाहा पाउँछ ।

मेरो सबभन्दा डरलाग्दो, भयानक र यातनाप्रदायक सपना यही थियो । भाग्दा भाग्दा म थाकेर शिथिल हुन्थें । फोक्सो फुलेर आउँथ्यो । पसिनामा लतपतिएर म निस्लोट हुन्थें । त्यसै बेला एउटा डरलाग्दो, आँतै सुकाउने मृत्यु मेरो बिलकुल नजिक आइपुग्थ्यो । म ठूलो स्वरमा चिच्याउन, रुन थाल्थें । पिताजी, आमा र थानुलाई बोलाउँथें । अनि, बिस्तारै म थाहा पाउँथें, यो त सपना हो । यो थाहा पाएर पनि मलाई लाग्थ्यो, म आफ्नो मृत्युबाट बच्न सक्दिनँ ।

मृत्यु होइन, तिरिछद्वारा आफ्नो हत्या ! यस्तोमा म सपनामा नै ब्यूँझने कोसिस गर्थें । सपनामै म आफ्नो पूरा शक्ति लगाउँथें, सपनाभित्रै आँखा खोलेर हेर्थें, उज्यालो देख्ने प्रयास गर्थें र ठूलो स्वरमा केही बोल्थें । कतिपटक ठीक समयमा ब्यूँझिन म सफल पनि हुन्थें ।

आमा भन्नुहुन्छ— म सपनामा बोल्छु, चिच्याउँछु । यो मेरो बानी नै हो । कतिपटक त मलाई निद्रामै रोएको पनि आमाले देख्नुभएको छ । यस्तो बेला मलाई उठाइदिनुपर्ने हो तर आमा मेरो निधार सुमसुम्याएर मलाई ओढ्ने ओढाइदिनुहुन्थ्यो । यसरी म त्यही डरलाग्दो संसारमा एक्लै रहन्थें । आफ्नो मृत्यु, अझै हत्याबाट बच्न दौडने र भाग्ने कमजोर कोसिस गरिरहन्थें ।

बिस्तारै-बिस्तारै मैले आफ्ना अनुभवबाट के थाहा पाएँ भने यस्तो अवस्थामा मेरो आवाज नै मेरो प्रमुख हतियार हो, जसले मलाई तिरिछबाट बचाउन सक्छ । तर, दुर्भाग्यले हरेकपटक मैले यो अस्त्रलाई एकदम अन्तिम समयमा मात्रै सम्झिन्थें । त्यो मेरो नजिकै आइपुगेपछि मात्रै म सम्झिन्थें । म उसको पन्जामा पर्नै लागेको हुन्थें । मृत्युको नशाले भरिएको निर्जीव तर डरलाग्दो अँध्यारोले घेरिएको हुन्थें । यस्तो लाग्थ्यो, मेरो पैतालामुनि कुनै ठोस आधारभूमि छैन, म हावामा उडिरहेछुजस्तो लाग्थ्यो । अनि, त्यो पल आइपुग्थ्यो, मेरो जीवनको अन्त्य हुने बेला । ठीक त्यही पल, एकदम कम समयको त्यो नाजुक घडीमा मलाई मेरो आफ्नो अस्त्रको सम्झना हुन्थ्यो । र, म बेस्कन बोल्न थाल्थें । यही आवाजको मद्दतले म आफ्नो सपनाबाट बाहिर निस्किन्थें । म ब्यूँझिन्थें ।

कैयौंपटक आमाले मलाई के भयो भनेर सोध्नु पनि हुन्थ्यो ।
त्यतिबेला मसँग त्यो भाषा र शब्द हुन्थेनन्, ता कि म उहाँलाई
के-के भएको थियो भनेर सर्लक्कै सपना बताउन सकूँ । आफ्नो यो
असमर्थताका कारण म अचम्मको तनाव, बेचैनी र असहायताको
भावनाले घेरिन्थें । अन्तिममा हार मानेर आमालाई यत्ति भन्थें— एकदम
डरलाग्दो सपना देखेको थिएँ ।

किन हो, मलाई शङ्का लागेको थियो— पिताजीलाई त्यही
तिरिछले टोकेको हो, जसलाई म चिन्थें, जो मेरो सपनामा आउँथ्यो ।

एउटा राम्रो कुरा के थियो भने आफूलाई टोक्ने तिरिछलाई
पिताजीले लखेटेर मारेर छोड नुभएको थियो । यदि उहाँले तुरुन्तै
त्यसलाई नमार्नु भएको भए त्यसले पक्कै पनि पिसाब गर्ने थियो
र त्यसमा लडीबुडी खेल्ने थियो । त्यस्तो भएको भए पिताजी कुनै
हालतमा बच्नु हुने थिएन । यसकारण पिताजीका विषयमा म खासै
चिन्तित थिइनँ । यतिमात्र होइन, मभित्र बिस्तारै राहत र मुक्तिको
खुसी सञ्चार भइरहेको थियो । यस्तो हुनुको एउटा कारण त
पिताजीले तुरुन्तै तिरिछलाई मार्नुभएको थियो । दोस्रो, मेरो सबभन्दा
पुरानो परिचित शत्रु अन्ततः मारिएको थियो । उसको वध भइसकेको
थियो । अब म आफ्नो सपनाभित्र जहाँ मन लाग्यो, त्यहीँ नडराईकन
सुसेली हाल्दै घुम्न सक्थें ।

त्यो रात हाम्रो आँगनमा निकै अबेरसम्म भीड थियो । पिताजीलाई
झारफुक गर्ने काम चलिरह्यो । तिरिछले टोकेको घाउलाई चिरेर
निकै रगत पनि निकालियो र घाउमा पानीमा हाल्ने रातो औषधि
(पोटासियम परमेगनेट) लगाइयो । म ढुक्क थिएँ ।

भोलिपल्ट बिहान पिताजी सहर जानुपर्ने थियो । अदालतमा पेसी थियो । उहाँको नाउँमा अदालतबाट पुर्जी आएको थियो । सहर जाने बस हाम्रो गाउँदेखि करिब दुई किलोमिटर परबाट जान्थ्यो । दिनभरमा दुई-तीनवटा बस चल्थे । त्यस दिन पिताजी सडकमा पुग्नासाथ पल्लो गाउँका मानिसको एउटा ट्याक्टर भेटियो, जो सहरतिरै जाँदै थियो । ट्याक्टरमा पिताजीले चिनेकै मानिसहरू थिए । दुई-अढाई घन्टामा ट्याक्टर सहर पुग्थ्यो । अदालत खुल्नुभन्दा केहीअघि नै । पिताजी ट्याक्टरमै सहर लाग्नुभयो ।

बाटोमा तिरिछको कुरो निस्कियो । पिताजीले तिरिछले टोकेको आफ्नो गोलीगाँठो उनीहरूलाई देखाउनुभयो । ट्याक्टरमा पण्डित राम अवतार पनि थिए । उनले तिरिछको विषबारे एउटा अनौठो कुरा सुनाए, कहिलेकाहीँ तिरिछको विषले टोकेको ठीक २४ घन्टापछि अर्थात अघिल्लो दिन जतिबेला टोकेको हो, भोलिपल्ट ठ्याक्कै त्यही समयदेखि असर देखाउन थाल्छ । यसैले पिताजी तिरिछको विषबारे ढुक्क हुनुहुँदैन ।

ट्याक्टरका मानिसहरूले पिताजीबाट अर्को ठूलो भूल भएको पनि बताए । उनीहरूका अनुसार पिताजीले तुरुन्तै तिरिछलाई मारेर त ठीक गर्नुभएको थियो तर त्यसको लासलाई त्यत्तिकै छोड्नुचाहिँ गल्ती थियो । कम्तीमा जलाउनु पर्ने थियो । उनीहरूको भनाइ थियो, धेरै कीरा-फटयाङ्ग्रा र जीवजन्तुहरू रातिमा चन्द्रमाको प्रकाश पाएपछि फेरि जीवित हुन्छन् । चन्द्रमाको प्रकाशमा हुने आर्द्रता र शीतमा अमृत हुन्छ भन्ने उनीहरूको भनाइ थियो । उनीहरूले भने—

कतिपटक मरेको ठानेर छोडिएको सर्प राति शीतले भिजेपछि बौरिएर उठेको देखिएको छ ।

उनीहरूको भनाइको निष्कर्ष थियो– यसरी मरेर ब्यूँतिएको जीव बदला लिने मौका कुरेर बस्छ ।

ट्याक्टरका यात्रीहरूलाई डर थियो, कतै राति उठेर तिरिछले पिसाब फेरेर त्यसमा लडीबुडी नखेलोस् । यदि यस्तो भयो भने २४ घन्टा हुनासाथ ठीक त्यसै घडी तिरिछको विष पिताजीको शरीरमा चढ्न थाल्नेछ ।

उनीहरूले पिताजीलाई त्यहीँबाट गाउँ फर्किएर हिजो तिरिछ मारेको ठाउँमा तुरुन्त जान र यदि त्यहाँ तिरिछको लास छ भने त्यसलाई राम्रोसँग जलाएर खरानी बनाउन सल्लाह दिए । पिताजीले अदालतमा उपस्थित हुनैपर्ने आफ्नो बाध्यता सुनाउनुभयो । यो तेस्रो पुर्जी थियो । यसपटक पनि अदालतमा हाजिर नभए आफ्नो नाउँमा गैरजमानती वारेन्ट निस्किन सक्ने बताउनुभयो । हामी बसिरहेको घरमाथि परेको मुद्दाको पेसी थियो । यसअघिका दुईपटकका पेसीको वकिललाई पैसा दिइएको थिएन । यसपटक पनि नजाँदा उसले पिताजीको लापरबाही न्यायाधीशलाई दर्साइदियो र न्यायाधीश सन्कियो भने घर नै हाम्रो हातबाट फुत्किन सक्थ्यो ।

बडो मुस्किल अवस्था आइलागेको थियो । पिताजी ट्याक्टरबाट झरेर तिरिछको लास जलाउन गाउँ आउनुभएको भए गैरजमानती वारेन्ट निस्किन सक्थ्यो र उहाँ गिरफ्तार हुन सक्नुहुन्थ्यो । यस्तो भएको भए हाम्रो घर पनि खोसिन्थ्यो । अदालत हाम्रो पक्षमा हुने थिएन ।

तर, भयो के भने पण्डित राम अवतार वैद्य पनि थिए । ज्योतिष विद्याबाहेक उनमा जडीबुटीको पनि विषद ज्ञान थियो । उनैले पिताजीलाई अदालतको पेसीमा पनि हाजिर हुने र तिरिछको विषबाट २४ घन्टापछि हुन सक्ने असरबाट पनि बच्ने एउटा उपाय सुझाए । उनले चरकको निचोड एउटा सूत्रमा भएको बताए– 'विष नै विषको औषधि हुन्छ । कतैबाट धतुरोको बियाँ पाउने हो भने म तिरिछको विष काट्ने औषधि अहिले नै तयार पार्न सक्छु ।'

अघिल्लो गाउँ सामन्तपुरमा ट्याक्टर रोकियो । मानिसहरू ट्याक्टरबाट झरेर खेतमा धतुरोका बोट खोज्न थाले । नभन्दै बोट भेटियो । धतुरोको बियाँ पिनेर पण्डित राम अवतारले तामाको पुरानो सिक्कासँगै उमालेर काँडा (झोल) तयार गरे । धतुरोको यो काँडा साह्रै तीतो र कडा भएकाले यसलाई चियामा मिलाएर पिताजीले पिउनुभयो । यसपछि सबै ढुक्क भए ।

गाउँलेहरूले आपसी सुझबुझबाट पिताजीलाई एउटा निकै ठूलो खतराबाट निकाल्ने प्रयास गरेका थिए ।

तिरिछबारे म अर्को कुरा पनि जान्थें, जो पिताजी गएको केही घन्टापछि मलाई अचानक याद आएको थियो । यो कुरा सर्पका बारे भनिने त्यो कुरासँग मिल्दोजुल्दो थियो, जसलाई आधार मानेर पछि क्यामेराको आविष्कार गरिएको थियो । भनिन्छ, कसैले सर्पलाई मार्दै छ भने सर्पले मर्नुभन्दा पहिले अन्तिमपटक आफूलाई मार्ने मानिसको अनुहारलाई निकै गहिरोसँग हेर्छ । जुन समय मानिस सर्प मार्नका लागि उसलाई प्रहार गरिरहेको हुन्छ, त्यसबेला सर्पले सबै कष्ट सहेर

आफ्नो हत्याराको चित्र आँखाको भित्री पर्दामा खिचिरहेको हुन्छ । मरेको सर्पको आँखाको भित्री पर्दामा उसको हत्याराको चित्र स्पष्ट कोरिएको हुन्छ भनिन्छ ।

मानिस गइसकेपछि मरेको सर्पको जोडी सर्प आउँछ र उसको आँखाभित्र चिहाउँछ । त्यहाँ उसले हत्याराको चित्र देख्छ । यसरी सर्पको हत्याराको पहिचान गरिन्छ । अनि, सबै सर्पले हत्या गर्ने मानिसलाई चिन्छन् । त्यो मानिस जहाँसुकै जाओस्, सर्पहरू ऊसँग बदला लिने ताकमा रहन्छन् । र, हरेक सर्प उसका शत्रु बन्न पुग्छन् ।

मलाई शङ्का लाग्यो, कतै मरेको तिरिछको आँखाको भित्री पर्दामा पिताजीको तस्बिर त छैन ? कुनै अर्को तिरिछ आएर मरेको तिरिछको आँखामा हेर्ला र पिताजीलाई चिन्छ होला । मेरो मनमा यो कुराले खलबली मच्चियो । पिताजीले यति सानो कुरामा पनि विचार पुर्‍याउन सक्नुभएन । तिरिछलाई मार्नासाथ त्यसका दुवै आँखालाई ढुङ्गाले हानेर फोर्नु पर्ने । तर, अब के गर्न सकिन्थ्यो र ? पिताजी सहर गइसक्नुभएको थियो ।

थानुलाई लिएर म जङ्गल गएँ । त्यति ठूलो जङ्गलमा पिताजीले मारेको तिरिछ कहाँ फाल्नुभएको छ भन्ने खोज्नु मेरा लागि चुनौती थियो । मैले मट्टितेल, दियो-सलाई र एउटा लौरी ल्याएको थिएँ । तिरिछको खोजीमा थानु र म जङ्गलमा यताउता भौतारियौं । म त्यो तिरिछलाई राम्रोसँग चिन्थें । थानु भने निराश थियो ।

अचानक मलाई यस्तो लाग्यो, यो त मैले चिनेको जङ्गल हो ।

एक-एक रूख मैले चिनेको थियो । कैयौंपटक सपनामा म तिरिच्छबाट बच्चलाई यसै ठाउँबाट भागेको थिएँ । मैले राम्रोसँग सबैतिर हेरें, मेरो सपनामा आउने ठाउँ बिलकुल यही थियो । मैले थानुलाई भनें– यहाँदेखि अलिकति पर एउटा सानो खोल्सो छ, त्यो दक्षिणतिर बग्छ । खोल्सोको माथिपट्टि ठूलठूला ढुङ्गा थुप्रिएको ठाउँनेर एउटा बबुलको रूख छ । वर्षौंदेखि यहाँ रहेजस्ता लाग्ने मौरीका चाका यो रूखमा छन् ।

म त्यहाँको खैरो रङको ढुङ्गालाई पनि चिन्थें । यो ढुङ्गाको आधा भाग वर्षायामभरि खोल्साको पानीमा डुबेको हुन्थ्यो । वर्षा सकिएपछि जब खोल्सामा पानी घट्थ्यो, ढुङ्गाको पूरै भाग बाहिर निस्किन्थ्यो । अनि, माटो जम्मा भएका यसका कापकापबाट अनेक झारपात उम्रिन्थे । चट्टानको माथिल्लो भागमा हरियो काई जमेर बस्थ्यो । यही ठूलो ढुङ्गाको माथिल्लो चरमा तिरिच्छ बस्थ्यो । मैले थानुलाई यो कुरा सुनाएँ । उसले यो कुरालाई मेरो कल्पना मान्यो ।

तर, एकैछिनमा हामीले खोल्सो भेट्यौं । बबुलको बूढो रूख पनि त्यहीँ थियो, त्यसमा मौरीका चाका झुन्डिइरहेका थिए । र, त्यो ठूलो चट्टान पनि भेटियो । चट्टाननजिकैको जमिनमा घाँसमाथि तिरिच्छको लास थियो । मैले तुरुन्तै चिनें, यो त्यही तिरिच्छ थियो । मभित्र हिंसा, उत्तेजना र खुसीले उत्पन्न गरेको सनसनीको लहर दौडिन थाल्यो ।

थानु र मैले सुकेका पात र केही दाउरा जम्मा गर्‍यौं । भएजति सबै मट्टितेल त्यसमा खन्यायौं र आगो लगायौं । त्यो आगोमा तिरिच्छ

जल्न थाल्यो । उसको लास डढेको गन्ध हावामा फैलिएको थियो । मलाई खुसीले बेस्कन चिच्च्याउन मन लाग्यो । तर, मलाई डर लाग्यो, कतै म नब्यूँझिऊँ र यो सब सपना साबित नहोस् । मैले थानुलाई हेरें । ऊ रोइरहेको थियो ।

कैयौंपटक मेरो सपनामा यो तिरिछले यसै ठाउँबाट आएर मलाई लखेटेको थियो । तिरिछको यो अड्डा राम्रोसँग चिनेर पनि यतिका दिनसम्म म किन यहाँ आइनँ ? पहिले नै आएको भए पनि तिरिछ यहीँ भेटिन्थ्यो होला ? त्यसलाई मारेर म डरलाग्दो सपनाबाट मुक्त हुन सक्थें होला । मैले किन त्यो कोसिस गरिनँ होला ?

आज म आफैंले बयान गर्न नसक्ने गरी खुसी थिएँ ।

पण्डित राम अवतारका अनुसार ट्‍याक्टर बिहान लगभग पौने दस बजे कर उठाउने चुङ्गीनाकाबाट छिरेको थियो । कर तिर्नका लागि नाकामा केहीबेर ट्‍याक्टर रोकिएको थियो । त्यसबेला पिताजी पिसाब गर्नका लागि ट्‍याक्टरबाट झर्नुभएको थियो । पिसाब फेरेर आएपछि उहाँले आफूलाई रिङ्गटा लागेको बताउनुभएको राम अवतारले बताए । त्यतिबेला उहाँले धतुरोको झोल पिउनुभएको करिब डेढ घन्टा भइसकेको थियो । ट्‍याक्टरले पिताजीलाई करिब दस बजेर पाँच-सात मिनेटमा सहर पुर्‍याएर छोडेको थियो । त्यही ट्‍याक्टरमा सवार पलाड गाउँका मास्टर नन्दलालका अनुसार मिनर्वा टकिज (फिल्म हल) छेउको चौरनेर ट्‍याक्टरबाट ओर्लिंदा पिताजीले घाँटी

सुकेको बताउनुभएको थियो । अदालत जाने बाटो थाहा नभएकामा उहाँ केही चिन्तित पनि हुनुहुन्थ्यो । सहरका मानिसहरूसँग बाटो सोध्न उहाँलाई मन पर्दैनथ्यो ।

पिताजीको एउटा समस्या के थियो भने गाउँघर र वनजङ्गलका स-साना गोरेटा उहाँलाई याद हुन्थ्यो तर सहरका ठूलठूला सडक उहाँ बिर्सिनुहुन्थ्यो । उहाँ साह्रै कम मात्रै सहर जानुहुन्थ्यो । जानैपर्ने काममा पनि सकेसम्म टार्नुहुन्थ्यो । केही सीप नलागेपछि मात्रै जान तयार हुनुहुन्थ्यो । कहिलेकाहीँ त सहर जान भनेर झोला बोकेर गएको मान्छे बसस्टपबाटै फर्केर आउने । किन फर्किनुभएको भन्दा बस छुट यो भन्ने बहाना गरिदिने । जब कि, हामीलाई थाहा हुन्थ्यो, बस छुटेको हुन्थेन । बस देखेपछि पिताजी कतै बस्नुहुन्थ्यो, पिसाब फेर्न वा पान खानलाई । उहाँले बिस्तारै बस चल्न थालेको देख्नुहुन्थ्यो । अझै केहीबेर पर्खनुहुन्थ्यो । बसले पूर्ण रूपमा गति समाएर गुडेपछिमात्रै उहाँ बसको पछिपछि दौडनुहुन्थ्यो । एकैछिन दौड्दा बस समाउन सक्नु हुन्थ्यो । अनि, रिसाउँदै फर्किनुहुन्थ्यो । यस्तो गर्दा उहाँलाई लाग्दो हो, साँच्चिकै बस छुट्यो । उहाँ सहर पुगिसक्नुभयो होला भनेर हामी ढुक्क भएका बेला टुप्लुक्क घरमा आइपुगेर उहाँले हामीलाई चकित बनाउनुहुन्थ्यो ।

बिहान लगभग दस बजेर सात मिनेटमा ट्याक्टरबाट मिनर्वा टकिजछेउको चौरनजिकै सिन्ध घडी सेन्टरको ठीकअघि झरेपछि साँझ

छ बजेसम्म सहरमा पिताजीका साथ के-के भयो भन्ने कुराको एउटा घुर्मैलो अनुमान गर्न सकिन्छ । यो जानकारी पनि केही मानिससँगको कुराकानी र सोधपुछबाट पाइएको हो । कसैको एकदमै आकस्मिक र अस्वाभाविक मृत्यु भएको छ भने त्यसबारे कहीँ न कहीँबाट केही न केही कुरा थाहा पाइहालिन्छ । त्यस दिन बुधबार, १७ मे १९७२ का दिन बिहान दस बजेर दस मिनेट गएदेखि साँझ छ बजेसम्म लगभग पौने आठ घन्टामा पिताजी कहाँ-कहाँ पुग्नुभयो ? उहाँसँग के-के भयो ? यसको ठ याक्कै विवरण भेट्टाउन गाह्रो छ । पछि भेटिएका सूचना र जानकारीका आधारमा अनुमान मात्र गर्न सकिन्छ ।

पलाड गाउँका मास्टर नन्दलालले दिएका जानकारी अनुसार ट्याक्टरबाट झरेकै बेला पिताजीले आफ्नो गला सुकेको बताउनुभएको थियो । त्यसभन्दा पहिले चुङ्गीनाकामा पिसाब फेरेर फर्किंदा उहाँले टाउको घुमाएको बताउनुभएको थियो । यसको अर्थ धतुरोको झोलको असर उहाँमा हुन थालेको थियो । सहर पुग्दा पिताजीले धतुरोको झोल पिएको दुई घन्टा भइसकेको थियो । त्यतिबेला उहाँलाई निकै प्यास लागेको थियो होला । गला भिजाउन उहाँ नजिकैको कुनै होटल वा ढावामा जानु पनि भयो होला । तर, जब मलाई उहाँको स्वभाव याद आयो अनि लाग्यो, पक्कै पनि उहाँ होटलअगाडि पुगेर केहीबेर यत्तिकै उभिनुभयो होला र एक ग्लास पानी माग्ने हिम्मत गर्न नसकेर यत्तिकै फर्किनुभयो होला । गर्मीको एक दिन उहाँले यस्तै कुनै होटलमा पानी माग्दा त्यहाँ काम गर्नेले पानी दिनुको सट्टा उहाँलाई गाली गरेको कुरा एकपटक उहाँले सुनाउनुभएको थियो ।

पिताजी संवदेनशील हुनुहुन्थ्यो । पक्कै पनि आफ्नो प्यास दबाएर उहाँ त्यहाँबाट निस्किनुभयो होला ।

सवा दस बजेदेखि एघार बजेसम्म करिब पैंतालीस मिनेट पिताजी कहाँ जानुभयो भन्ने कुराको जानकारी कतैबाट पनि पाइँदैन । यो अवधिमा कुनै त्यस्तो विशेष घटना पनि भएन, जुन मानिसहरूको सम्झनामा रहोस् । बाटो हिँड्ने मान्छेहरूमध्ये कसैले उहाँलाई देखेका भए पनि ती मान्छे पत्ता लगाउन सजिलो थिएन । मेरो अनुमानमा पक्कै पनि पिताजीले त्यसबेला मानिसहरूसँग अदालत जाने बाटो सोध्नुभयो होला । उहाँको दिमागमा एउटै कुरा चलिरहेको थियो होला— अदालत पुगेर म आफ्नो वकिल एस. एन. अग्रवालसँग पानी मागेर पिउने छु । तर, उहाँले बाटो सोधेका मानिसमध्ये केही त चुप लागेरै बसे होलान्, केहीले यति हतार र उपेक्षापूर्वक उत्तर दिए होलान्, उहाँले त्यो जवाफ बुझ्नुभएन होला । बाटोसम्म थाहा पाउन नसक्दा, सुख्खा गला लिएर उहाँ झन् अपमानित, दुःखी र चिन्तत बन्नुभयो होला । सहरमा यस्तो भइरहन्छ ।

त्यो पौने घन्टामा पिताजीमाथि काँडाको असर झन् धेरै बढ्यो होला भन्ने मेरो अनुमान छ । मे महिनाको चर्को घाम र गर्मीले यो असरलाई झन् चर्को बनाइदिएको थियो होला । सायद, उहाँको खुट्टा लरबराएको पनि थियो होला अथवा उहाँलाई चक्कर आएको पनि हुन सक्छ ।

करिब एघार बजे पिताजी देशबन्धु मार्गमा रहेको स्टेट बैंक अफ इन्डियाको भवनमा प्रवेश गर्नुभएको थियो । तर, त्यहाँ किन

जानुभएको थियो भन्ने राम्रोसँग खुल्दैन । हुन त हाम्रो गाउँको रमेश दत्त सहरको भूमि विकास सहकारी बैंकमा क्लर्क थिए । पिताजीको दिमागमा बैंक भन्ने रहेकाले सायद यो बाटो हिँड्दा स्टेट बैंक लेखेको देखेपछि उहाँ छिरेको पनि हुन सक्थ्यो । उहाँले अहिलेसम्म पानी पिउनुभएको थिएन । रमेश दत्तसँग पानी पनि माग्छु, अदालत जाने बाटो पनि सोध्छु, मेरो टाउको घुमाइरहेको कुरा पनि भन्छु र हिजो साँझ तिरिछले मलाई टोकेको थियो भन्ने पनि बताउँछु भन्ने सोचेर उहाँ बैंकमा छिर्नुभएको हुन सक्थ्यो ।

स्टेट बैंकका क्यासियर अग्निहोत्रीका अनुसार त्यसबखत उनी क्यास रजिस्टर चेक गरिरहेका थिए । उनको टेबलमा करिब २८ हजार रूपैयाँको एउटा मूठो थियो । एघार बजेर एक-दुई मिनेट गएको थियो होला, त्यसै बेला पिताजी त्यहाँ पुग्नुभयो । उहाँको अनुहारमा धूलो लतपतिएको थियो, अनुहार डरलाग्दो थियो । उहाँले अचानक जोडसँग केही भन्नुभयो । अग्निहोत्रीले भने— 'म त तर्सिएँ । प्राय: यस्ता मानिसहरू बैंकको यति भित्र क्यासियरको टेबलसम्म आइपुग्दैनन ।' उसको भनाइ थियो, 'परैदेखि यता आइरहेको देखेको भए सायद म डराउँथिनँ होला । म त्यतिबेला एकचित्त भएर काम गरिरहेको थिएँ, एक्कासि चर्को आवाजमा मान्छे बोलेको सुनेर म झस्किएँ । डरले म चिच्च्याएँ, त्यही हडबडीमा मैले घन्टी पनि बजाएँ ।'

बैंकका पियन, दुई जना चौकीदार र कर्मचारीहरूका अनुसार अचानक आएको क्यासियरको आवाज र घन्टीले गर्दा सबै जना त्रस्त

भए र त्यसतर्फ दौडिए । त्यतिन्जेलसम्म नेपाली चौकीदार थापाले पिताजीलाई कन्याप्प पारेर साझा कक्षतर्फ लैजाँदै थियो । ४५ वर्षको पियन रामकिशोरले ठान्यो– कुनै जँड याहा बैंकमा छिरेछ । उसले भन्यो, 'पागल पो हो किजस्तो पनि लाग्यो ।'

उसले बैंकको मूल ढोकामा ड्युटी गरिरहेको थियो । यसैले कोही त्यस्तो अवाञ्छित मानिसलाई रोक्ने जिम्मा उसको थियो । नरोकेकामा शाखा प्रबन्धकले उसलाई कारबाही गर्न सक्थ्यो । तर, त्यसै बेला जब पिताजीलाई पिट्न थालिएको थियो, उहाँले अङ्ग्रेजीमा केही बोल्न थाल्नुभयो । यसले पियनको शङ्का झन् बढायो । सायद, शाखाको सहायक प्रबन्धक मेहताले भने होला– यो मान्छेको राम्रोसँग खानतलासी लिएर मात्र बाहिर निकाल्नू ।

पियन रामकिशोरका अनुसार पिताजीको अनुहार बेग्लै किसिमको डरलाग्दो भएको थियो । अनुहारमा धूलो लतपतिएको थियो र शरीरबाट वान्ताको गन्ध आइरहेको थियो । बैंकका पियनहरूले आफूहरूले पिताजीलाई धेरै कुटपिट नगरेको बताए । तर, बैंकको बाहिरपट्टि मूल ढोकाको छेवैमा पान पसलमा रहेको बन्नुको भनाइमा भने करिब साढे एघार बजे बैंकबाट बाहिर निस्किँदा पिताजीका कपडा फाटेका थिए, तल्लो ओठ काटिएको थियो र त्यहाँबाट रगत आइरहेको थियो । आँखाको मुन्तिर सुन्निएको थियो र रातो दाग पनि देखिन्थ्यो । यस्तो दाग पछि बिस्तारै वैजनी हुँदै नीलो रङको बन्छ ।

यसपछि साढे एघारदेखि एक बजेसम्म पिताजी कहाँ-कहाँ

जानुभयो भन्ने कसैलाई थाहा छैन । पान पसले बुन्नुले आफूलाई राम्ररी थाहा नभएको बतायो । यो कुरा सत्य हुन पनि सक्थ्यो वा बैंकका कर्मचारीले धम्की दिएका कारण ऊ डराएको पनि हुन सक्थ्यो । उसले भन्यो– बैंकबाट बाहिर निस्किँदा पिताजीले सायद (उसले सायदमा निकै जोड दिएको थियो) आफ्नो पैसा र कागजपत्र बैंकका पियनहरूले खोसे भन्नुभएको थियो । साथै, बुन्नुको भनाइ के पनि थियो भने पिताजीले अरू नै केही कुरा भन्नु भएर उसले गलत सुनेको पनि हुन सक्थ्यो । उसको तर्क थियो, पिताजी राम्ररी बोल्न सक्नुभएको थिएन, उहाँको तल्लो ओठ गहिरोसँग काटिएको थियो, मुखबाट च्याल बगिरहेको थियो र उहाँको दिमागी अवस्था ठीक थिएन ।

मलाई लाग्छ– त्यसबेलासम्म पिताजीलाई काँडाको असर बढी नै भइसकेको थियो होला । तर, पण्डित राम औतार भने यसलाई स्वीकार गर्दैनन् । उनको भनाइ छ– धतुरोको बियाँ त होलीको भाङमा पनि मिलाएर घोटिन्छ । तर, त्यो भाङ खाएर आजसम्म कोही मान्छे पागल भएको छ ? पण्डित राम औतरको अनुमान छ– कि त त्यतिबेला पिताजीलाई तिरिच्छको विषको असर सुरु हुन लागेको थियो र विष नसामा फैलिन थालेको थियो, कि त बैंकका पियन र पालेले कुट्दा उहाँको टाउकोको पछिल्लो भागमा चोट लागेको हुनुपर्छ र त्यसकै कारण उहाँको दिमागमा असर परेको हुनुपर्छ । मलाई लाग्छ– त्यतिबेलासम्म पिताजी होसमा हुनुहुन्थ्यो र उहाँले कुनै तरिका गरेर सहरबाट बाहिर निस्किन पाए हुन्थ्यो

भन्ने प्रयत्न गरिरहनुभएको थियो । सायद, पैसा र अदालतका कागज बैंकमै लुटिएका कारण उहाँले सहरमा बसिरहनुको कुनै अर्थ छैन भन्ने ठान्नुभएको थियो । एकपटक फेरि स्टेट बैंक गएर कम्तीमा कागजात लिएर आउँ कि भन्ने पनि उहाँले सोच्नुभयो होला । तर, हिम्मत गर्नु भएन होला । उहाँ डराउनुभयो होला ।

जीवनमा पहिलोपटक उहाँले यसरी कुटाइ खानुभएको थियो । यसकारण उहाँ राम्रोसँग सोच्न सकिरहनुभएको थिएन होला । उहाँ साह्रै दुब्लो-पातलो हुनुहुन्थ्यो । सानैदेखि उहाँमा एपेन्डिसाइटिसको समस्या थियो । यस्तो पनि हुन सक्छ कि, उहाँमा काँडाको असर साह्रै धेरै भएका कारण कुनै पनि विषयमा धेरै बेर राम्रोसँग सोच्न नसक्ने हुनुभएको थियो । दिमागमा छिटोछिटो उत्पन्न हुने पानीका फोकाजस्ता स-साना विचार वा झट्काका कारण घरी यता, घरी उता गर्दै हिँडिरहनुभएको थियो होला । एउटा कुराचाहिँ म पक्का भन्न सक्छु– सहरबाट बाहिर निस्किने र घर फर्किने कुरा उहाँको दिमागमा स्थायी रूपमा थियो । हरेक पटक दिमागमा छाउने अँध्यारोमा पनि निकै थोरै बेरका लागि मधुरो सम्झनाका रूपमा उहाँको दिमागमा यो कुरा पक्का थियो ।

करिब एक बजेर पन्ध्र मिनेटमा पिताजी सहरको प्रहरी चौकीमा पुग्नुभएको थियो । प्रहरी चौकी सहरको बाहिरपट्टि रहेको सरकारी अतिथि गृहनजिकै बनाइएको विजयस्तम्भछेउमै थियो । आश्चर्यको कुरा त के थियो भने चौकीबाट करिब एक किलोमिटरको दूरीमा अदालत थियो । पिताजीले चाहेको भए जम्मा दस मिनेट हिँडेरै उहाँ

अदालत पुग्न सक्नुहुन्थ्यो । यहाँसम्म आइपुग्दा उहाँको दिमागमा अदालत जाने कुरा थियो कि थिएन होला ? कागजात हराएजस्तै यो कुरा पनि दिमागबाट हराइसकेको थियो कि ? यो कुरा म बुझ्न सक्दिनँ ।

चौकीका प्रमुख (स्टेसन हाउस अफिसर- एस.एच.ओ.) राघवेन्द्रप्रताप सिंहका अनुसार त्यतिबेला दिउँसोको एक बजेर पन्ध्र मिनेट गएको थियो । घरबाट ल्याएको टिफिन खोलेर उनी लन्च खाने तयारी गर्दै थिए । टिफिनमा पराठा र करेला थिए । उनी करेला खानै सक्थेनन । त्यसैले टिफिनमा राखिएको करेलालाई कहाँ फालौं भन्ने द्विविधामा उनी थिए । त्यसै बेला पिताजी पुग्नुभयो । उहाँको शरीरमा कमिज थिएन । पाइन्ट च्यातिएको थियो । उहाँलाई देख्दा कतै लडेको वा कुनै गाडीले हानेजस्तो लाग्थ्यो । चौकीमा त्यतिबेला एक जना मात्र सिपाही गजाधरप्रसाद शर्मा थियो । सिपाहीलाई चाहिँ कहाँबाट भिखारी चौकीमा आयो भन्ने लागेछ । ऊ करायो पनि तर, त्यतिन्जेलमा पिताजी एस.एच.ओ. राघवेन्द्रको टेबुलमा पुगिसक्नुभएको थियो । करेलाका कारण उनको मुड त्यसै पनि खराब थियो । विवाह भएको १३ वर्षमा पनि उनकी पत्नीले आफ्ना पतिलाई के मन पर्छ, के पर्दैन भन्ने थाहा पाउन सकेकी थिइनन् । राघवेन्द्रलाई केही खानेकुरा साह्रै मन पर्थेनन्, उनी तिनलाई घृणा नै गर्थे तर उनकी पत्नीलाई यसको मतलबै थिएन ।

एस.एच.ओ. राघवेन्द्रप्रताप सिंहले पहिलो गाँस मुखमा हालेका मात्र के थिए, ठीक त्यही बेला पिताजी उनको अगाडि पुग्नुभएको

थियो । पिताजीको अनुहार र पाखुरामा उल्टी लागेको थियो । र, यो साह्रै गनाइरहेको थियो । एस.एच.ओ.ले के भयो भनेर सोध्दा उहाँले केही जवाफ दिनुभयो तर त्यो कुरा एस.एच.ओ.ले बुझेनन् । एस.एच.ओ. राघवेन्द्र सिंह पछि पछुताउँदै थिएँ । उनी भन्दै थिए, 'ती मानिस बकेली गाउँका प्रधान र पूर्वअध्यापक हुन् भन्ने थाहा भएको भए म उनलाई एक-दुई घन्टा थानामा बसाउने थिएँ । बाहिर जान दिने थिइनँ ।' तर, त्यतिबेला भने राघवेन्द्रलाई पिताजी कुनै पागल हुनुहोला भन्ने लागेको थियो, जो उनले खाइरहेको देखेर भित्र आएको थियो । यसैले उनले निकै रिसाएर सिपाही गजाधर शर्मालाई थर्काएका थिए । त्यसपछि सिपाही गजाधरले पिताजीलाई घिसार्दै बाहिर निकालेको थियो । गजाधरले आफूले पिताजीलाई कुटपिट नगरेको पनि बतायो । उसले भन्यो, 'उनको तल्लो ओठ काटिएर घाउ भएको थियो, चिउडो घिस्रिएर खत बसेको थियो र कुहिनो दरफराएको थियो । पक्कै कतै लडेर आएका थिए ।'

गजाधर शर्माले लतारेर थानाबाट निकालेपछिको डेढ घन्टा पिताजी कहाँ भौतारिनुभयो भन्ने कसैलाई थाहा थिएन । बिहान दस बजेर सात मिनेटमा सहर आइपुगेर मिनर्वा टकिजनजिकैको चउरमा ट्याक्टरबाट झरेदेखि अहिलेसम्म उहाँले पानी पिउनुभएको थियो वा थिएन भन्ने थाहा पाउन सकिँदैन । हुन सक्थ्यो, त्यतिबेलासम्म उहाँको दिमाग प्यासबारे सम्झन सक्ने स्थितिमै थिएन कि ? तर, उहाँ पुलिस चौकीमा पुग्नुभएको थियो । यसको अर्थ नशा चढे पनि उहाँको दिमागमा आफ्नो गाउँ जाने बाटो सोध्छु वा आफू आएको ट्याक्टर

कहाँ छ भनेर खोज्छु वा आफ्नो पैसा र अदालती कागजात लुटिएको रिपोर्ट लेखाउँछु भन्ने मधुरो सम्झना थियो होला । त्यसबेला पिताजी तिरिछको विष र धतुरोको नशा मात्र होइन, त्यो नशाको लट्याइमा पनि आफ्नो घर बचाउने चिन्ताले ग्रस्त हुनुहुन्थ्यो भन्ने सोच्दा पनि मलाई अत्याश लाग्छ । सायद त्यतिबेला जे भइरहेको थियो, त्यो सबै उहाँलाई सपना हो भन्ने लागेको थियो होला र उहाँ यसबाट ब्यूँझिएर बाहिर निस्किने प्रयास गरिरहनुभएको थियो होला ।

सवा दुई बजेतिर पिताजीलाई सहरको उत्तरी कुनामा रहेको सहरकै सम्पन्न कोलोनी (इतवारी कोलोनी)मा घिस्रिइरहेको देखिएको थियो । यो सुनचाँदीका व्यापारी, पी.डब्ल्यू.डी.का ठूला ठेकेदार, अवकाशप्राप्त ठूला कर्मचारीहरू बस्ने कोलोनी थियो । केही सम्पन्न पत्रकार-कवि पनि यहाँ बस्थे । यो कोलोनी सधैं शान्त हुन्थ्यो । यहाँ कहिल्यै केही हुन्थेन, एकदम घटनाहीन ।

यो कोलोनीमा पिताजीलाई देख्नेहरूका अनुसार त्यतिबेला उहाँको जीउमा एउटा जाँघेमात्रै बाँकी थियो । उनीहरूको अनुमान छ, सायद जाँघेको इजार पनि चुँडिएको थियो किनभने उहाँले बारबार आफ्नो देब्रे हातले जाँघे तानिरहनुभएको थियो । उहाँलाई ज-जसले देखे, ती सबैले उहाँलाई पागल ठाने । एक-दुई जनाले चाहिं उहाँले बीच-बीचमा जुरूक्क उठेर चर्को स्वरमा कसैलाई गाली गर्न थालेको बताए । त्यसै कोलोनीमा बस्ने रिटायर्ड तहसिलदार सोनी साहब र सहरको सबभन्दा ठूलो अखबारका विशेष संवाददाता तथा कवि सत्येन्द्र थपलियालले आफूहरूले उहाँ बोलेको प्रस्ट सुनेको पछि

बताए । उनीहरूका अनुसार उहाँले गाली गर्नु भएको थिएन बरू बारम्बार भनिरहनुभएको थियो– 'म रामस्वराथप्रसाद, एक्स स्कुल हेडमास्टर... एन्ड भिलेज हेड अफ... बकेली ।'

कवि तथा पत्रकार थपलियालले दुःख पनि व्यक्त गरे । खासमा उनी त्यतिबेला अमेरिकी राजदूतावासमा आयोजना गरिएको एउटा विशेष पार्टीमा विशेष खाले सङ्गीत सुन्न राजधानी दिल्ली जान निस्किएका थिए । हतार भएका कारण उनी फटाफट निस्किए । तहसिलदार सोनी साहबले भने उनलाई ती मानिसप्रति दया जागेको र तिनलाई जिस्क्याइरहेका केटाहरूलाई आफूले गाली गरेको बताए । 'तर, दुई-तीन जना केटाहरूले यो मान्छेले रामरतन सर्राफकी श्रीमती र सालीमाथि आक्रमण गर्न लागेको बताए,' सोनी साहबले भने, 'यो सुनेपछि मलाई पनि हो कि झैं लाग्यो । यो बदमास नै हो र कुटाइ खाने डरले नाटक गरिरहेको हो कि जस्तो लाग्यो ।' केटाहरूले उहाँलाई दुःख दिइरहेका थिए । पिताजी बीच-बीचमा भनिरहनुभएको थियो– 'म रामस्वराथप्रसाद... एक्स स्कुल हेडमास्टार... ।'

बिहान दस बजेर सात मिनेटमा मिनर्वा टकिजनजिकैको चउरमा ट्याक्टरबाट झरेदेखि देशबन्धु मार्गको स्टेट बैंक हुँदै विजय स्तम्भछेउको प्रहरी चौकी पुगेर सहरको उत्तरी छेउको इतवारी कोलोनीसम्म पुगेको हिसाब गर्दा पिताजी करिब तीस-बत्तीस किलोमिटरजति भौतारिएर हिँडिसक्नुभएको थियो । यी कुनै पनि ठाउँ एउटै दिशामा छैनन् । यसको अर्थ उहाँको दिमागको अवस्था यस्तो थियो कि उहाँ ठीक ढङ्गले कुरा बुझ्न र सोच्न सकिरहनुभएको थिएन । यसैले, अचानक

जता पनि भट्किइरहनुभएको थियो । जहाँसम्म सर्राफकी पत्नी र सालीलाई आक्रमण गरिएको कुरो छ र जसलाई थपलियाल साहब सत्य पनि मान्छन्, मेरो अनुमानमा पिताजी कि त पानी माग्न कि बकेली जाने बाटो सोध्न उनीहरूको नजिक जानुभएको हुनुपर्छ । त्यो एक पल पक्कै पनि पिताजी होशमा आएको हुनुपर्छ । तर, त्यस्तो हुलियाको मानिसलाई आफ्नो नजिकै देखेर ती महिलाहरू डरले चिहिरिएका हुनुपर्छ । उहाँको आँखीभौंमा जुन चोट लागेको थियो र यो चोटबाट निस्किएको रगत आँखाको छेउमा लागिरहेको थियो, त्यो चोट उहाँलाई इतवारी कोलोनीमै लागेको थियो । किनभने, पछि मान्छेहरूले भने— केटाहरूले उहाँलाई जिस्क्याउँदा ढुङ्गाले पनि हानिरहेका थिए ।

पिताजीलाई सबैभन्दा बढी चोट इतवारी कोलोनीनजिकैको एउटा खुला ठाउँमा लागेको थियो । नेसनल रेस्टुरेन्ट नामक एउटा सस्तो ढावाको अघिल्तिरको खाली जमिनमा पिताजी मानिसहरूबाट घेरिनुभएको थियो । इतवारी कोलोनीदेखि नै पिताजीलाई जिस्क्याउँदै, लखेट्दै आएका केटाहरूको समूहमा केही ठूलो उमेरका केटाहरू पनि मिसिएका थिए । नेसनल रेस्टुरेन्टमा काम गर्ने नोकर सत्तेले भने अनुसार पिताजीले एउटा गल्ती गर्नु भएको थियो । उहाँले एकपटक रिसको झोँकमा आफूलाई घेरिरहेको भीडतर्फ ढुङ्गा हान्नुभएको थियो । सायद, उहाँले हानेको एउटा ढुङ्गा सात-आठ वर्षको विकी अग्रवाललाई लागेको थियो, पछि उसको घाउमा टाँका लगाउनु परेको

थियो । सत्तेको भनाइमा यसले भीडलाई आक्रामक बनाइदियो । उनीहरूले हो-हल्ला गर्दै चारैतिरबाट पिताजीलाई ढुङ्गामुढा गर्न थाले । ढावाका मालिक सरदार सतनाम सिंहका अनुसार त्यसबेला पिताजीको शरीरमा फगत एउटा कट्टुमात्रै बाँकी थियो । लिखुरे शरीरका हड्डी र छातीका फुलेका सेता रौं देख्न सकिन्थ्यो । पेट भित्र छिरेर खाल्टो परेको थियो । अनुहार धूलो र माटोमा लतपतिएको थियो । कपाल असरल्ल खजमजिएर चारतिर फर्किएका थिए । दाहिने आँखीभौं र तल्लो ओठबाट रगत आइरहेको थियो ।

सतनाम सिंहले दुःख र पछुतोपूर्ण स्वरमा भने, 'त्यो यति सोझो र इज्जतदार मान्छे हो तर भाग्यले यस्तो अवस्थामा ल्याएको थियो भन्ने मलाई थाहै भएन ।' तर, होटलमा भाँडा माझिरहेको नोकर हरिको भनाइ भने अलि फरक थियो । उसका अनुसार बीच-बीचमा पिताजी भीडलाई गाली गर्दै ढुङ्गा हानिरहनुभएको थियो, 'आओ साले हो... एक-एक आओ जाँठा हो... तिमेरू सबलाई मार्दिन्छु... ।'

पिताजीले त्यस्तो भन्नुभयो होला भन्ने मलाई लाग्दैन । हामीले कहिल्यै उहाँको मुखबाट यस्ता गाली निस्केको सुनेका थिएनौं ।

पिताजीको स्वभावलाई मैले जति राम्ररी कसैले चिनेको थिएन । म पूर्ण विश्वस्त भएर भन्न सक्छु– त्यतिबेला उहाँमाथि जे-जे भइरहेको थियो, उहाँलाई पक्कै पनि ती सबै वास्तविक घटना होइनन्, सपनामा भइरहेका हुन् भन्ने लागेको थियो । उहाँलाई यी सबै घटना बेकार र छेउ न टुप्पोका उटपट्याङ लागे होलान् । उहाँले यी सबै कुरामा

कत्ति पनि विश्वास गर्नुभएन होला । उहाँले सोच्नुभयो होला— धत् ! यस्तो वाहियात पनि कहीँ हुन्छ ? उहाँ त गाउँबाट सहर आउनुभएकै थिएन । उहाँलाई कुनै तिरिछले टोकेकै थिएन । खासमा तिरिछ भन्ने नै हुँदैन, यो त मान्छेहरूले बनाएको मनगढन्ते कथा र अन्धविश्वास मात्रै हो । धतुरोको झोल पिएको कुरा त झन् हाँसउठ्दो छ । त्यो पनि एउटा तेलीको खेतमा धतुरोको बिरुवा खोजेर ! यसो विचार गरेर ल्याउँदा उहाँले निष्कर्ष निकाल्नुभयो होला— उहाँमाथि कसरी मुद्दा चल्न सक्छ ? उहाँलाई अदालत जान के दरकार ?

मलाई थाहा छ— जुन किसिमको डरलाग्दो सुरुङ्गजस्तो तर सम्मोहक सपना मैले देख्थें, त्यस्तै सपना पिताजीलाई पनि आउँथ्यो मेरा र उहाँका धेरै कुरा उस्तै-उस्तै थिए । यसैले मलाई लाग्छ— त्यतिन्जेलसम्म जे-जे भइरहेको थियो, त्यो सबै झूटा र अवास्तविक कुरा हुन् भन्नेमा उहाँ पक्का भइसक्नुभएको थियो । उहाँले पटक-पटक त्यो सपनाबाट ब्यूँझने कोसिस गर्नुभयो होला । यदि उहाँले ठूलो स्वरमा चिच्याउँदै बीच-बीचमा गाली गर्नुभएको थियो भने त्यो सबै त्यही दुस्वप्नबाट बाहिर निस्किने प्रयास थियो । आफ्नो आवाजको माध्यमबाट उहाँ बाहिर निस्किने प्रयास गरिरहनुभएको थियो । उहाँको निधार, कन्चट, ढाड र शरीरका अरू भागमा पनि ईंटा र ढुङ्गाको चोट लागेको थियो । सडकको ठेकेदार अरोराको बीस-बाईस वर्षको छोरो सञ्जुले उहाँलाई दुई-तीनपटक फलामको रडले पनि हानेको थियो । सत्तेको भनाइ थियो— यति पिटाइ खाएर त हजुर, जो पनि मर्थ्यो ।

उहाँलाई निर्घात पिटिएको भए पनि एउटा कुराले मलाई राहत भयो । त्यो कुरा के थियो भने यी सबै घटना वास्तविक होइनन्, केवल सपना हुन् भन्नेमा उहाँ पूर्णतः अन्तरहृदयदेखि विश्वस्त हुनुभएका कारण उहाँले यी चोटको दुखाइ महसुस गर्नुभएको थिएन । जसले जति कुटे पनि, ढुङ्गा हाने पनि उहाँलाई दुखिरहेको थिएन होला । यो सोचेर मैले राहत महसुस गरेको थिएँ । सपनाबाट ब्यूँझेर उहाँले आँखा खोल्नासाथ आँगन बढारिरहनुभएकी आमा वा खाटको तलपट्टि सुतिरहेका म र बहिनी देखिने छौं । या त चिरबिर गर्दै चारा टिपिरहेका भङ्गेरा देखिने छन् । अचम्मको यो आफ्नो बेकार सपना देखेर उहाँ बीच-बीचमा हाँस्नुभएको पनि हुन सक्छ ।

यदि पिताजीले रिसमा केटाहरूलाई ढुङ्गा हान्नुभएको थियो भने पनि यसपछाडि उहाँका आफ्नै तर्क थिए होलान् । पहिलो कुरा त उहाँलाई लागेको थियो– उहाँले हानेका ढुङ्गा सपनाभित्र गइरहेका छन् र यिनले कसैलाई कुनै चोट लाग्दैन । अथवा, यस्तो पनि हुन सक्छ– जसै उहाँले हानेको ढुङ्गा गएर केटाको टाउकोमा लाग्नेछ, उसको टाउको फुटेर टुक्रा-टुक्रा हुनेछ र एकै झट्कामा दुस्वप्नको अन्त्य भएर वास्तविक जीवनको अनन्त उज्यालोको मूस्लोले प्रवेश गर्नेछ । यस्तो सोचेर उहाँले आफ्नो सम्पूर्ण तागत लगाएर बडो उत्सुक भएर ढुङ्गा हान्नुभएको हुन सक्छ । उहाँ रिसका कारण बेस्कन चिच्याउनुभएको थिएन बरू, उहाँ मलाई, बहिनीलाई वा आमालाई बोलाइरहनुभएको थियो । ता कि, यदि उहाँ आफै सपनाबाट ब्यूँझिन सक्नुभएन भने कसैले आएर उहाँलाई ब्यूँझाइदेओस्, हल्लाइदेओस् ।

यसबीच एउटा ठूलो विडम्बनापूर्ण कुरा हुन पुगेको थियो । हाम्रो गाउँका प्रधानपञ्च तथा पिताजीका बाल्यकालका साथी पण्डित कन्धइराम तिवारी लगभग साढे तीन बजे नेसनल रेस्टुरेन्टअगाडिको सडकबाट हिंडेका थिए । उनी रिक्सामा सवार भएर गाउँ फर्किने बस चढ्न अघिल्लो चोकतर्फ गइरहेका थिए । उनले ढावाअगाडि जम्मा भएका मानिसहरूको भीड पनि देखे र त्यहाँ कसैलाई कुटपिट गरिएको छ भन्ने पनि थाहा पाए । उनलाई त्यहाँ गएर हेर्न र कुरो के हो बुझ्न मन लागेको थियो । उनले रिक्सा रोक्न पनि लगाए । त्यही बेला एक जना मानिस उनको नजिकै आइपुग्यो । उनले उसलाई कुरो के हो भनी सोधे । उसले भन्यो— पानीको ट्याङ्कीमा विष हाल्न खोज्ने एउटा पाकिस्तानी जासुसलाई मान्छेहरूले समाएका छन् । सबैले त्यसलाई पिटिरहेका छन् । ठीक त्यसै बेला पण्डित कन्धइरामले आफ्नो गाउँ जाने बस अगाडिबाट आइरहेको देखे । अनि त, उनलाई बस समाल्ने हतारो भयो । उनले रिक्सावालालाई छिटो अघिल्लो चोक पुन्याउन भने । गाउँ जाने आजको यो अन्तिम बस थियो । यदि यो बस तीन-चार मिनेट ढिलो आएको भए पण्डित कन्धइराम पक्का पनि त्यो भीडमा पुग्ने थिए र उनले पिताजीलाई चिन्ने थिए । राज्य परिवहनको यो बस सधैं आधा-पौने घन्टा ढिला नै आउँथ्यो तर त्यस दिन संयोगले बस बिलकुल ठीक समयमा आइपुगेको थियो ।

सतनाम सिंहका अनुसार जमिनमा ढल्नुभएका पिताजी धेरै बेरसम्म नउठेपछि बल्ल नेसनल रेस्टुरेन्टअघिल्तिरको भीड छाँटियो ।

एउटा ठूलो इँटाको टुक्रा उहाँको कञ्चटमा बज्रिएको थियो । उहाँको मुखबाट रगत आइरहेको थियो । टाउकोमा पनि धेरैवटा घाउ भएको थियो । सतनाम सिंहले भने अनुसार धेरै बेरसम्म पिताजी नचलेपछि भीडबाट कसैले भनेको थियो– यो त मन्योजस्तो छ । भीड तितरबितर भएको दस-पन्ध्र मिनेटसम्म पनि पिताजी नचलेको र नउठेको देखेपछि सतनाम सिंहले आफ्नो नोकर सत्तेलाई त्यहाँ गएर उहाँको मुखमा पानी छम्किन भनेको थियो । यदि बेहोसमात्रै भए उठ्न सक्छन् भनेर सतनामले सत्तेलाई अह्राएको थियो । तर, पुलिसको डरले सत्ते जान डरायो । पछि सतनाम सिंह आफैँले एक बाल्टी पानी लिएर गई पिताजीमाथि खन्याएको थियो । टाढाबाट पानी हालेका कारण जमिनको हिलो उहाँको शरीरमा लतपतिएको थियो ।

सरदार सतनाम सिंह र सत्ते दुवैको भनाइमा साँझ पाँच बजेसम्म पिताजी त्यही भुइँमा लडिरहनुभएको थियो । त्यतिन्जेलसम्म पुलिस आइपुगेको थिएन । पुलिस आएपछि सनाखत र साक्षी बस्नु पर्नेजस्ता झमेलामा पो परिने हो भन्ने डर सतनामको मनमा पलायो । यस्तो सोच्नेबित्तिकै सतनामले ढावा बन्द गर्‍यो र डिलाइट टकिजमा 'आन मिलो सजना' फिल्म हेर्न हिँड्यो ।

त्यतिबेला करिब छ बजेको थियो, जब सिभिल लाइनको सडकछेउमा लाइनै बनाइएका मोचीहरुका घुम्ती छाप्रा पसलमध्ये एक गणेश मोचीको घुम्तीभित्र पिताजीले आफ्नो टाउको घुसार्नु भएको थियो । त्यहाँसम्म आइपुग्दा उहाँको शरीरमा कट्टु पनि थिएन । उहाँ घुँडा टेकेर कुनै चौपायाजसरी घिस्रिइरहनुभएको थियो । शरीरमा

हिलो र मोसो पोतिएको थियो । जतासुकै घाउ नै घाउ भएको थियो ।

गणेश मोचीको घर हाम्रो गाउँको पोखरीदेखि पारिपट्टि छ । उसले बतायो, 'म साह्रै डराएँ, मैले मास्टर साहेबलाई चिन्न सकिनँ । उहाँको अनुहार साह्रै डरलाग्दो भएको थियो, कसैले चिन्न नसक्ने भएको थियो । म डरले आफ्नो घुम्तीबाट बाहिर निस्किएँ र चिच्याउन थालें । मान्छेहरू जम्मा भए ।'

मान्छेहरूले गणेशको घुम्तीभित्र गएर नियालेर हेरे । घुम्तीको कुनाको कापमा, च्यातिएका जुत्ता र छालाका टुक्राहरूका बीच पिताजी कुक्रिएर बस्नुभएको थियो । उहाँको सास बिस्तारै चलिरहेको थियो । उहाँलाई त्यहाँबाट थुतेर बाहिरको पटरीमा निकालियो । बाहिर निकालेपछि गणेशले उहाँलाई चिन्यो । गणेशका अनुसार उसले पिताजीको कानमा केही भनेको पनि थियो तर उहाँ केही बोल्न सकिरहनुभएको थिएन । निकैबेरपछि उहाँले 'राम स्वराथ प्रसाद...' र 'बकेली'जस्ता केही शब्द बोल्नुभयो । र, शान्त हुनुभयो ।

पिताजीको मृत्यु करिब सवा छ बजे भएको थियो । चौबीस घन्टा पहिले लगभग यसै समयमा उहाँलाई तिरिछले टोकेको थियो । चौबीस घन्टा पहिले के पिताजीले यी घटना र यो मृत्युबारे अनुमान गर्न सक्नुहुन्थ्यो ?

पिताजीको शवलाई सहरको मूर्दाघरमा पुलिसले पुन्याइदिएको थियो । पोस्टमार्टमबाट थाहा भए अनुसार उहाँका हड्डी धेरै ठाउँमा भाँच्चिएका थिए । दाहिने आँखा फुटेको थियो । कलर बोन भाँच्चिएको थियो । उहाँको मृत्यु मानसिक आघात र अत्यधिक रक्तस्रावका कारण

भएको थियो । रिपोर्टमा उल्लेख भए अनुसार उहाँको पेट पूरै खाली थियो । यसको अर्थ के हुन्थ्यो भने धतुरोको बियाँको काँडा उल्टीबाट पहिले नै निक्लिइसकेको थियो ।

थानु भन्छ– तिरिछको विषबाट कोही बच्न सक्दैन भन्ने कुरा अब पक्का भयो । ठीक चौबीस घन्टामा तिरिछको विषले आफ्नो चमत्कार देखायो र पिताजीको मृत्यु भयो । पण्डित राम औतार पनि यही भन्छन् । उनले पिताजीको मृत्युमा धतुराको काँडाको कुनै भूमिका छैन भन्ने कुरामा आफैलाई विश्वस्त तुल्याउन पनि यस्तो भनेका हुन सक्छन् ।

म सोच्छु– अनुमान लगाउन खोज्छु, सायद घुम्तीबाहिरको सडकमा जब गणेशले पिताजीको कानमा केही भनेको थियो, त्यो आवाजले उहाँ आफ्नो सपनाबाट ब्यूँझनुभयो होला । मलाई, आमालाई र बहिनीलाई देख्नुभयो होला । अनि, आफ्नो दाँत माझ्ने दतुन लिएर नदीतिर निस्किनुभयो होला । नदीको चिसो पानीले मुख धुनुभयो होला । कुल्ला गर्नुभयो होला । र, यो लामो दुस्वप्नलाई बिर्सिनुभयो होला । बरू, उहाँले अदालत जानुपर्नेछ भनेर सोच्नुभयो होला । हाम्रो घरको चिन्ताले उहाँलाई अरू चिन्तित बनायो होला ।

तर, म आफ्नो सपनाबारे बताउन चाहन्छु, जुन म बारबार देख्ने गर्थें । सपना यस्तो थियो– म गाउँको गोरेटो र खेतको आलीमा हिँड्दै जङ्गल पुग्छु । म रक्सा खोल्सो र बबुलको रूख देख्छु । वर्षायामभरि पानीमा डुब्ने ठूलो ढुङ्गो त्यही ठाउँमा त्यसै गरी

देखिन्छ । म तिरिछको लास त्यही ढुङ्गामाथि राखिएको देख्छु ।
मलाई अत्यधिक खुसीको एउटा तरङ्गले घेर्छ । आखिर त्यो मारियो ।
म ढुङ्गाले त्यसलाई कच्याककुचुक हुने गरी बेस्कन हान्न थाल्छु ।
हातमा मट्टितेल र सलाई लिएको थानु मसँगै उभिएको छ । त्यही बेला
अचानक म त्यो ढुङ्गामा नै हुँदिनँ । थानु पनि त्यहाँ हुँदैन । त्यहाँ
कुनै जङ्गल पनि हुँदैन । म त सहरमा पो हुन्छु । मेरा लुगा साह्रै
फोहोर, फाटेर धुजाधुजा भएका हुन्छन् । मेरो गालाको हड्डी बाहिर
निस्किएको हुन्छ । कपाल असरल्ल । मलाई एकदमै तिर्खा लाग्छ ।
म बोल्ने प्रयास गर्छु । सायद म बकेली, आफ्नो घर जाने बाटो सोध्न
खोजिरहेको हुन्छु । र, त्यसै बेला अचानक चारैतिरबाट ठूलो आवाज
आउन थाल्छ... घन्टहरू बज्न थाल्छन् ... हज्जारौं हज्जार घन्टहरू... ।
म भाग्न थाल्छु ।

म भागिरहन्छु । मेरो शरीर शिथिल हुन्छ । सासले फोक्सो फुलेर
आउँछ । म एकदम नजिक पाइला चालेर फेरि लामो छलाङ लगाउन
थाल्छु, फड्किएर हिँड न थाल्छु । उड ने प्रयास गर्छु । तर, भीड मेरो
नजिकै आइपुग्न लाग्छ । एउटा अचम्मको तातो र गह्रौं हावाले मलाई
चेतनाशून्य बनाइदिन्छ । मेरो हत्या गर्ने सासले मलाई छुनै खोज्छ... ।
र, अन्त्यमा मेरो जीवनको अन्त्य गर्ने त्यो पल आइपुग्न लाग्छ ।

म रुन्छु । त्यहाँबाट दौडेर भाग्ने कोसिस गर्छु । सपनामा नै
मेरो शरीर पसिनामा डुब्छ । म एकदम चर्को कराएर ब्यूँझने प्रयास
गर्छु, म यो सब सपना हो भनेर विश्वास गर्न चाहन्छु । अहिले आँखा

खोल्ने बित्तिकै सबै ठीक भइहाल्छ, म सपनाभित्रै आफ्नो आँखा च्यातेर हेर्छु, टाढासम्म तर, आखिर त्यो पल आइछोड छ ।

आमाले मलाई बाहिरबाट देख्नुहुन्छ । मेरो निधार सुमसुम्याएर मलाई ओढ्ने ओढाइदिनुहुन्छ । र, म त्यहाँ एक्लै छुट्छु । आफ्नो मृत्युबाट बच्न कोसिस गरिरहेको, शिथिल भइरहेको, रोइरहेको, कराइरहेको, बेपत्ताले दगुरिरहेको... ।

आमा भन्नुहुन्छ— निद्रामा बर्बराउने र चिच्याउने मेरो बानी अझै छ । तर, म सोध्न चाहन्छु एउटा प्रश्न, जसले मलाई सधैं लखेटिरहन्छ : आखिर म अहिले तिरिछको सपना किन देख्दिनँ ?

४.

अरेबा-परेबा

प्रायः मान्छेको शरीरमा कुनै न कुनै समयमा मुसा पलाउँछन् । यिनको सङ्ख्या खासै धेरै हुँदैन । आफ्नो शरीरमा कहाँ र कतिवटा मुसा छन् भन्ने पनि सबैलाई थाहा हुन्छ । हाम्रो गाउँको सेमलियाको भने पूरै शरीरमा मुसा थिए । शरीरै मुसाले ढाकिएजस्तो थियो । ती कतिवटा छन् र कहाँ कहाँ छन् भन्ने अनुमान ऊ स्वयं लगाउन सक्थेन ।

कालो रङ्को सेमलियाको सबभन्दा धेरै मुसा अनुहारमै थिए । ठूलठूला मुसा, गोलागोला र पोटिला । चना वा भटमासको दानाजत्रा, अनुहारमा जतासुकै छरिएका । कुनै-कुनै त साह्रै ठूला पनि थिए । छालामा उठेका फोकाजस्तो लाग्ने ।

कुरा त्यस बेलाको हो, जतिखेर हाम्रो गाउँमा बिजुली आएको थिएन । राति लालटिन, ल्याम्प र टुकी बाल्ने गरिन्थ्यो । साँझको बत्ती बालिन्थ्यो । हरेक दिन साँझ हुनासाथ फुपूले पहिले बत्ती बाल्नुहुन्थ्यो । घरभरि घुमाएर त्यस बत्तीलाई भगवान नजिकै लगेर राख्नुहुन्थ्यो । त्यो बत्तीलाई हामी सबै प्रणाम गर्थ्यौं । ल्याम्पलाई चाहिँ हामी लम्फु भन्थ्यौं ।

टुकी पनि बालिन्थ्यो । सानो सिसाको बोतलमा मट्टितेल हाल्यो अनि बोतलको बिर्को छेडेर बत्ती घुसारेर बाल्यो । सेमलियालाई सम्झिनासाथ मेरो स्मृतिमा लालटिनको मधुरो उज्यालोमा कुँदिएको एउटा कालो, दानेदार मुसाले भरिएको डरलाग्दो अनुहार अगाडि आउँथ्यो । स-साना आँखा भएको हाँसिरहेजस्तो लाग्ने अनुहार ।

'आइपुग्यो यमदूत,' फुपू भन्नुहुन्थ्यो । अँध्यारोमा पनि फुपू उसलाई अदुवा र तुलसीको चिया दिनुहुन्थ्यो । सेमलिया आफ्नो हातको गम्छाले तातो गिलासलाई बेरेर समाउँथ्यो र फिस्स हाँस्थ्यो ।

घरदेखि दस माइलजति टाढाको सिहाला गाउँनेर हाम्रो खेत थियो । सिहाला पुग्न जङ्गलको बाटो भएर जानुपर्थ्यो । अलि माथि ठूलो ढिस्कोजस्तो पहाडमाथि सिहाला थियो । हाम्रो गाउँको माटो बलौटे थियो । धान, कोदो, तिलजस्ता अन्न फल्थे । कालो र लेसाइलो माटो भएको सिहालाको खेतमा भने गहुँ, चना, आलस, धनिया सबै चीज फल्थे ।

हाम्रो खेतको रेखदेख गर्न सेमलिया महिना-पन्ध्र दिनमा सिहाला जाने गर्थ्यो । तर, हरेकपटक ऊ खेतबाट फर्किंदा राति नै किन हुन्थ्यो, म बुझ्न सक्दिनथें । सायद टाढाको बाटो पैदल हिँड्नुपर्ने भएर होला । वा, मान्छेहरूले भन्ने गरेझैं जङ्गल साँच्चिकै एउटा चुम्बक नै थियो कि ! यो चुम्बकले तानेर सेमलियालाई जङ्गलको भित्रभित्र पुन्याउँथ्यो होला । अनि, त्यहीँ भट्किएर फर्किंदा ढिलो हुन्थ्यो होला । ऊ सधैं रात परेपछि आउने भएकाले मैले उसको अनुहार टुकी र लालटिनको उज्यालोमा मात्रै देखेको थिएँ ।

सिहाला जाने बाटोमा थुप्रै बुट्यान र झाडीका स-साना वन
पर्थे । एउटा त साढे चार माइल लामो घना जङ्गल नै कट्नुपर्थ्यो ।
यो जङ्गललाई रिछहाई भनिन्थ्यो । यस जङ्गलमा चितुवा, मृग,
चित्तल, नीलगाईजस्ता जनावर हुन्थे । सबभन्दा धेरैचाहिँ रिछ (भालु) ।
जङ्गलमा महुआ पाकेर झर्न थाल्थ्यो । तैपनि, गाउँका आइमाईहरू
गएर महुआ टिप्न डराउँथे । किनभने, महुआ भालुका लागि पनि
उत्तिकै प्रिय थियो । महुआ पाकेपछि अक्सर भालुको बास त्यसको
रूखमुनि नै हुन्थ्यो । एकपटक हाम्रो छिमेकी गाउँ छिलपाकी एक
महिलालाई जङ्गलमा भालुले समायो । उनले त्यसलाई चिनिन् । त्यो
सेनाबाट भागेर आएको फुनगा गाउँको बिजराज सिंह थियो ।

मानिसहरू अहिले पनि एकपटक हुलाकीको लास जङ्गलमा
खोलाको तिरमा भेटिएको सुनाउँछन् । भालुले कुनै सिसीको बिर्को
खोलेजसरी हुलाकीको टाउको खोलेर भित्रको गिदी बाहिर निकालेको
थियो । र, उसले बोकेका मनी अर्डरका सबै पैसा लगेको थियो !

अचेल त बाटोका ती सबै खोलाहरू सुकेका छन् । जङ्गल
पनि पहिलेजस्तो बाक्लो छैन । वन अधिकृत र ठेकेदारहरूले मिलेर
जङ्गललाई 'सफा' पार्न योगदान गरिरहेका छन् । जङ्गल नासिएपछि
जनावर पनि बाँकी छैनन् । मुस्किलले एक-दुइटा स्याल कराएको सुनिन्छ ।

अचेल गाउँमा लालटिन र टुकी बल्दैनन्, बिजुली आइसक्यो ।

तर, लालटिनको मधुरो उज्यालोमा चिमचिम गर्ने आँखा, कालो,
हँसिलो, मुसाका दानाले भरिएको डरलाग्दो अनुहार भने अचेल पनि
देखिन्छ । यस्तो डरलाग्दो अनुहार, जसलाई देखेर कहिल्यै डर लाग्दैन ।

'यमदूत !' फुपूको आवाज सुनिन्छ । फुपू पनि अब हुनुहुन्न । उहाँका मिर्गौला फेल भएका थिए । मर्नुभन्दा अगाडि उहाँको शरीर बेलुनजसरी फुलेको थियो । मानौ, पम्प लगाएर कसैले उहाँभित्र हावा भरिदिएको थियो । 'के गर्नी बाबु, मेरो त जीउभरि पानी जमेछ,' उहाँ भन्नुहुन्थ्यो ।

राति सिहालाबाट फर्केर आएपछि सेमलिया बाँसको टोकरीमा हालेर आफूले ल्याएका चीजबिजहरू आँगनमा फिजाउँथ्यो । त्यसमा प्रायःजसो फलहरू हुन्थे । अम्बा, पहाडी बयर, जामुन, आरूबखडा, काँचो आँप । कहिलेकाहीँ प्याज र च्याउ पनि ल्याउँथ्यो । कहिले त सिहालाको पोखरीका गजबका सौर माछा पनि हुन्थे । तोरीको तेलमा खरिने गरी फ्राइ गरेका माछा खाएको दिन बुबा गाउँलेहरूसँग बसेर महुआको रक्सी पिउनुहुन्थ्यो । रातिसम्म मानिसहरूको कल्याङमल्याङ भइरहन्थ्यो । आक्कलझुक्कल पासोमा परेका तित्रा, बट्टाई, कालिज पनि उसले ल्याउँथ्यो ।

सेमलियाले हरेक महिना-पन्ध्र दिनमा यस्तो चमत्कार गर्थ्यो ।

सेमलिया मेरो जादुगर थियो ।

एकपटक सेमलियाले चौवडा (जङ्गली खरायो)का दुइटा बच्चा ल्याएर मलाई दियो । जङ्गली खरायोलाई हामी 'खरहा' भन्थ्यौ । त्यस रात उसले खैरो र चकलेटी रङका खरायोका साह्रै साना पाठा मेरो काखमा राखिदिएको थियो । पहिले त मलाई डर लाग्यो । तुरन्तै हरायो पनि । त्यसबेला म छ-सात वर्षको थिएँ ।

मैले डराई-डराई खरायोका एकदमै नरम, मुलायम खैरो पिँठ्यूलाई औलाले छोएको थिएँ । मैले छोएपछि बच्चाका कान ठाडा भए । मुन्टो उठाएर तिनले मलाई अचम्म मानेर हेरे । मेरा औलाको स्पर्शले तिनको शरीरमा तरङ्ग पैदा भएको थियो । ती अलिअलि काँपिरहेका थिए । तिनीहरूका खैरा र घुर्मैला नरम रौंहरूबाट एक किसिमको अपरिचित गन्ध आइरहेको थियो । यो गन्ध आँगनको अँध्यारोमा फैलिएको थियो । लालटिनको मधुरो उज्यालोमा डुबेर त्यो गन्ध बिस्तारै-बिस्तारै मेरो सासबाट मभित्र प्रवेश गरिरहेको थियो । म चारैतिरबाट त्यही गन्धमा डुब्दै थिएँ । जसरी, गहिरो पानीको दहमा परेको मानिस चारैतिरबाट पानीले छोपिन्छ ।

खरायोका पाठा जीवित थिए, सजीव । अरू खेलौनाजस्तो होइन । यो रोमाञ्चकारी, अद्भुत कुरा थियो । तिनीहरूले सास फेरिरहेका थिए । उनीहरूको शरीर बिस्तारै चलिरहेको थियो । हाम्रो घरका हरेक चीजलाई उनीहरू आश्चर्य र उत्सुकताका साथ चुपचाप हेरिरहेका थिए ।

'यिनलाई भोक लागेको छ,' सेमलियाले भन्यो, 'अझै त सानै छन्, दूबो र सागपात पनि खान सक्दैनन् ।'

'त्यसो भए के खुवाउने त ?' म चिन्तित भएँ ।

'अझै पाँच-सात दिन त दूध खुवाउनुपर्छ, सोलीले । अलि ठूलो भएपछि आफै चर्न थाल्छन ,' उसले भन्यो ।

'अनि ?'

'अनि, यी तिमीसँग खेल्छन् । यिनलाई काँधमा राखेर डुल्नू ।'

'यस्ता साना बच्चा किन ल्याएको, यमदूत ?' सेमलियालाई तुलसी र अदुवाको चिया दिँदै फुपूले भन्नुभयो । उसलाई उहाँ जहिल्यै यही भन्नुहुन्थ्यो– यमदूत ।

'बाबुलाई घरमा अलमल्याउनका लागि जङ्गलबाट यिनलाई ल्याको नि ! अब यिनी कहिल्यै खान छोडेर, किताब-कापी छोडेर गाईबस्तुसँग जङ्गलतिर जाँदैनन्,' सेमलियाले हाँस्दै चिया सुक्र्यायो ।

त्यस रात बाह्र-एक बजेसम्म मलाई निद्रै लागेन । निद्रा लागेको भए पनि म कुनै हालतमा लाग्न दिने थिइनँ ।

जङ्गली खरायोका ती दुई बच्चाले मभित्र नयाँ उत्सुकता पैदा गरिरहेका थिए । हरपल उनीहरूले केही न केही हरकत गर्थे । हरपल केही भइरहेजस्तो लाग्थ्यो । लालटिनको मधुरो उज्यालोमा उनीहरूले एउटा नयाँ संसार बनाएका थिए । त्यो संसारमा उनीहरूसँग म पनि थिएँ । उनीहरू बिनाउद्देश्य यताउता घुम्थे । अन्त्यमा आफ्नो ठाउँ खोज्दै फर्किएर त्यहीँ आइपुग्थे ।

उनीहरू दौडने र उफ्रिने कोसिस गर्थे । तर, प्रत्येकपटक कपालको डल्लोजसरी आँगनमा पछारिन्थे । गति वा छलाङलाई सम्हाल्न सक्ने शक्ति उनीहरूको कोमल शरीरमा पैदा भइसकेको थिएन । वास्तवमा ती बच्चै थिए, मभन्दा पनि साना । उनीहरूका गतिविधिबाट मलाई सधैँ यस्तो लाग्थ्यो । अनि, उनीहरूप्रति मेरो प्रेम र लगाव झन् गहिरो हुँदै जान्थ्यो । उनीहरूका अगाडि म आफूलाई ठूलो र समझदार ठान्थे । उनीहरूका स-साना गतिविधिमा पनि मभित्र उमङ्ग र प्रेमको नयाँ तरङ्ग पैदा हुन्थ्यो । उनीहरू

किन यति राम्रा थिए ? सानोचाहिँ अझै बढी चकचके थियो । मैले त्यसलाई हत्केलामा उठाएर आफ्नो ओठले उसको नाकमा बिस्तारै छोएँ । आमाले देखिहाल्नुभयो । गाली गर्नुभयो– के गर्छ यो ? अहिले नाकभित्र कीरा पस्छ अनि !' आमाको हातमा एउटा कचौरा थियो । कचौरामा गाईको दूध थियो । अर्को हातमा कपासको मसिनो डोरी थियो । मैले डोरी दूधमा डुबाएर उनीहरूलाई दूध चुसाउन थालें । ती साँच्चिकै भोका थिए । उनीहरूको नाक जतिखेर पनि हल्लिइरहेको हुन्थ्यो, केही न केही सुँघिरहेका हुन्थे । तिनले हेर्दाहेर्दै कपास चुसेर सबै दूध पिइदिए ।

उनीहरूले दूध पिइरहेको देख्दा मेरो शरीरमा अनौठो तरङ्ग उत्पन्न हुन्थ्यो । मैले दूध पिएको देख्दा आमालाई पनि त्यस्तै लाग्थ्यो होला कि ? म यस्तै सोच्थें । बिस्तारै लाग्न थालेको थियो– यी खरायोको आमा मै हुँ ।

कसले पहिले दूध पिउने भनेर यी दुईमा प्रतिस्पर्धा पनि हुन्थ्यो । एकले अर्कालाई ठेल्थे । यति साना भए पनि उनीहरूमा प्रतिस्पर्धा थियो । केही दिनपहिलेमात्रै आँखा खोलेका यी कोमल जीवका बीच पेटका लागि प्रतिस्पर्धा सुरू भइसकेको थियो । 'यसरी लड्नु हुँदैन । पालैपालो दुवै पिऊ । असल बालकले यसरी झगडा गर्दैनन्, मिलेर दूध पिउँछन्,' मैले फुसफुसाएर उनीहरूलाई सम्झाएँ ।

ठूलोचाहिँको पेट भरिइसकेको थियो, यसैले दूधमा उसको रूचि सकिएको थियो । ऊ दूध चुस्न पनि अल्छी गरिरहेको थियो । तर, सानोचाहिँ अझै अघाएको थिएन । ऊ चुसिरहेको थियो ।

त्यस रात मैले यी दुईको नाम राखिदिएँ– 'अरेबा र परेबा' । ठूलो अरेबा अलि सुस्त र अल्छी थियो, सानो परेबाचाहिँ फुर्तिलो र चञ्चल ।

परेबा एउटा पन्छीको नाम हो । तर, मैले जुन परेबाको कुरा गरिरहेको छु, त्यो घरपालुवा मामुली परेबा होइन । जङ्गली परेबा । बिलकुल बेदाग, कसैले छुन नसकेको, जङ्गली मलेबा । डाँडामाथिका चट्टानका ढुन्धुरा र कन्दरामा गुँड लगाउने परेबा, जो दानाको खोजीमा दुनियाँभरि उड्छ । यो परेबाले गिद्धसँग मुकाबिला गरेको कथा छ– कसको दृष्टि तेज भनेर । कसको आँखाले सबभन्दा टाढासम्म देख्न सक्छ भनेर गिद्ध र परेबाबीच एकपटक बाजी पर्‍यो । गिद्धले सय माइल टाढा खेतमा मरेको गोरुलाई देख्यो भने परेबाले त्यो गोरुभन्दा दुई हात एक बित्ता चार अङ्गुल पर खेतमा खसेका गहुँका सातवटा दाना देख्यो ।

जत्रोसुकै प्राणी होस्, सबका आँखाले आ-आफ्नो पेटमा जाने खानेकुराहरू देखिहाल्छन् । त्यो जहाँसुकै, जतिसुकै टाढा होस् । चाहे गोरुजत्रो ठूलो होस् वा तोरीको गेडोजत्रो सानो !

जब यी अरेबा-परेबा ठूला हुनेछन्, यिनका आँखाले पनि कोसौं टाढा खेतको आली, समथर मैदान या आँगनको कुनामा उम्रिएको दूबो देख्नेछन् । गिद्धको पेटमा गोरु, परेबाको पेटमा गहुँको दाना र मेरो पेटमा रोटीजसरी यिनको पेटमा पनि त्यो दूबो भोजनका रूपमा जानेछ । वास्तवमा आँखा पेटका हुन् । त्यो भोककै शक्ति हो, जसले आँखालाई देख्ने बनाइदिन्छ । पेटले नै संसारलाई भोकको आँखाले

हेर्छ र आफ्ना लागि दानापानीको खोजी गर्छ । प्राणीहरूलाई यताउता दौडाउने र उडाउने काम खासमा पेटले नै गर्छ ।

अचानक मलाई याद आयो, दूधले अघाएर अल्छी बनेको अरेबा लालटिनको उज्यालोमा देखा परेन । परेबाचाहिँ अझै पनि दूध पिइरहेको थियो । यद्यपि, त्यसले पनि निकै ढिलो-ढिलो दूध पिइरहेको थियो ।

अरेबा कहाँ गयो ? मलाई डर लाग्यो । हाम्रो घरमा तीनटा बिराली र एउटा ढाडे बिरालो आउँथे । यो ढाडेलाई हामी बग्घा भन्थ्यौं । हुन पनि त्यो हेर्दै बाघजस्तो देखिन्थ्यो । मोटो, ठूलो, डरलाग्दो, घमन्डी, क्रूर र षड्यन्त्रकारी । त्यसले आफ्नै बच्चाको गला काटेर उनीहरूलाई मारिदिन्थ्यो । बग्घा खासमा वन बिरालो हो र यो जङ्गलबाटै आउँछ भनेर गाउँलेहरूले भन्थे ।

यदि अरेबालाई बग्घाले देख्यो भने ?

लालटिन लिएर मैले उसलाई आँगनमा खोज्न थालें । बायाँ हातले भने परेबालाई छातीमा टाँसेर समाएको थिएँ । मैले पूरै आँगनमा खोजें । तुलसीको मठनेर बेली र सयपत्रीका बिरूवा उम्रिएका थिए । अरेबा त्यहाँ पनि थिएन । भान्सा कोठाको ढोकाको दाहिनेतिर केवँराको बोट थियो । यहाँ प्राय: सर्प हुन्थ्यो, अरेबा त्यहाँ पनि थिएन ।

'यता सन्याक-सुरूक गरिराछ,' आमाले भन्नुभयो । मैले गएर हेरें । धानका बोरा, नाङ्लो, डालो, चाल्नो राखेको पिँढीको कुनामा ऊ आरामले पल्टिइरहेको थियो । उसले आँखा चिम्लिएको थियो । धन्न

बग्घाले देखेनछ बच्चु, नत्र तँ अहिलेसम्म त्यसको पेटमा पुगिसक्थिस्' भन्दै मैले हातले उसको पिंठ्यू सुमसुम्याएँ ।

'अब तिमी सुत बाबु, त्यसलाई पनि सुत्न देऊ,' आमाको थकित आवाज आयो, 'ह्या हेर, मैले यिनका लागि घर बनाइदिएकी छु ।'

मैले त्यता हेरें । पिंढी र भण्डारबीच भित्तानेरको साँघुरो खोंचमा आमाले अरेबा-परेबाका लागि सानो घर (खोर) बनाइदिनुभएको थियो । यसको अर्थ जतिबेला म अरेबा-परेबालाई दूध पिलाइरहेको थिएँ, त्यतिबेला आमाले अँध्यारोमा यो खोर बनाइरहनुभएको थियो । चुपचाप, मलाई थाहा नदिई ।

मेरी आमा कति जाती ! के उहाँ अरेबा-परेबाकी पनि आमा बन्नुभएको थियो ? घर बनाइरहेका बेला आमा मेराबारेमा सोचिरहनुभएको थियो होला कि अेरबा-परेबाका बारे ? मेराबारे यति धेरै सोच्ने आमाबाहेक अरू को नै छ र ?

आमाले थोत्रा सिरकका टुक्रा र सुती कपडाका टालाहरू त्यो खोंचमा राखिदिनुभएको थियो । मेरा थोत्रा, पुराना कमिज पनि थिएँ । आमाले यो गुँडदेखि पछाडिपट्टि थोरै खाली ठाउँ पनि छोडिदिनुभएको थियो, ता कि अरेबा-परेबाले लुगामा फोहोर नगरून । 'सुसु आयो भने उता जाने, आची आयो भने पनि । नत्र आमाले बेस्कन पिट्नुहुन्छ नि, बुझ्यौ ?' मैले दुवैलाई निर्देशन दिंदै भनें र उनीहरूलाई उचालेर नयाँ घरमा राखिदिएँ ।

आमाले खोरलाई बन्द गर्न जालीको ढोका पनि बनाइदिनुभएको

थियो । दुवैतिर कीला ठोकेर जालीको टुक्रा अड्काउनुभएको थियो ।
यसलाई बाहिरबाट बन्द गर्न मिल्थ्यो । आमाले कीला ठोक्दा आवाज
किन आएन त ? सायद आवाज आएको थियो होला । तर, म यति
चिन्तित भएर अरेबालाई खोजिरहेको थिएँ कि मैले कुनै आवाज
सुन्न सकिनँ । तर, आमाको हातमा त कुनै टुकी वा दियो थिएन ।
अँध्यारोमा नै आमाले कसरी घर बनाउनुभयो ? अझै, अँध्यारोमै
भित्तामा कसरी कीला ठोक्न सक्नुभयो ? अँध्यारोमा त कीलालाई
हानेको ढुङ्गा वा हथौडाले आफ्नै औंलामा लाग्न सक्थ्यो । यसरी
लागे औंला कच्याक्कै भएर फुट्न सक्थ्यो ।

'अब त बग्घाले पनि केही गर्न सक्दैन,' आमाको आवाजमा
निश्चिन्तता र सफलताको खुसी थियो । 'ल, अब सुत, दुई बजिसक्यो ।
बिहान चार बजे तिम्रो बाबु उठ्नुहुन्छ । भोलि त सोमबार हो,' आमाले
मलाई आश्वस्त पारेर भन्नुभयो ।

बाबु यानी बुबा । बुबाले हरेक आइतबार व्रत लिनुहुन्थ्यो ।
सोमबार बिहानै चार बजे उठेर नुहाइधुवाइ गरेर पूजा गर्नुहुन्थ्यो ।
बुबा उठेर पूजापाठमा मग्न हुँदा आमा पनि उठेर उहाँका लागि पुरी
पकाउनुहुन्थ्यो । साथमा आलु-परवलको तरकारी वा पिठोको पुआ
बनाउनुहुन्थ्यो । पुआलाई हामी शाकाहारी किमा भन्थ्यौं । पुरीसँग खान
खुब मीठो हुन्थ्यो । यसबाहेक सेवईको खीर वा हलुवा पनि हुन्थ्यो,
गुलियोका लागि ।

'खरायोले पनि पुरी खान्छ, आमा ?' निदाउनुअघि मैले सोधें ।

'ठूलो भएपछि तिमीले जे-जे खान्छौ, खरायोले पनि त्यही खान्छन् । अब तिमी सुत, उनीहरू पनि सुते,' आमाले भन्नुभयो ।

'मैले तिनरूको नाम अरेबा-परेबा राख्दिएँ नि, आमा,' म सायद निद्रामा बोलेको थिएँ । आँखा चिम्लिएर पनि म अरेबा र परेबालाई नै देखिरहेको थिएँ । मैले निद्रामा पनि लालटिनको त्यही मधुरो र पहेंलो प्रकाशमा नुहाएको संसारको रचना गरेको थिएँ । त्यो संसारमा म पनि थिएँ । यो संसारमा भने म सुतिरहेको थिइनँ बरू, सुतिरहेका अरेबा र परेबालाई हेरिरहेको थिएँ ।

'अरेबा-परेबा !' आमाले लामो सास फेर्नुभयो । त्यो श्वास मेरो निद्राभित्र प्रवेश गर्‍यो । आफ्नो घरमा सिरकका टुक्रा र मेरा थोत्रा कमिजमा सुतिरहेका अरेबा-परेबाका चकलेटी-खैरा नरम रौंहरू आमाको त्यो श्वासले कामे । 'साह्रै राम्रो नाम राखेछौ,' आमाले भन्नुभयो । मेरी आमा अर्थात् तिम्री हजुरआमा पहिले गाउनुहुन्थ्यो, 'एहकी से गइन है अरेबा-परेबा, मारिन है मोहिनियाँ बान रे !'

आमा निद्राभन्दा बाहिरबाट बोलिरहनुभएको थियो, गाइरहनुभएको थियो । म सिरकमा गुटमुटिएर गहिरो निद्राको अँध्यारो हुस्सुभित्र बिस्तारै डुबिरहेको थिएँ । आमाले मलाई अरेबा-परेबाको कथा सुनाउनुभएको थियो । यी नाम सायद ढोला-मारुका कथामा थिए । यिनले मोहनी बाण हान्थे । के उनीहरूले मलाई पनि त्यो बाण हानेका थिए ?

यो संसारमा आमा कति जाती छन् भन्ने कुरा मैले निद्राभित्र

पनि थाहा पाइरहेको थिएँ । यो कुरा म आमालाई भन्न पनि चाहन्थें तर मेरो बोली फुटिरहेको थिएन । किनभने, जहाँबाट आवाज उत्पन्न हुन्छ, त्यहाँबाट त निद्रा निस्किएको थियो र मेरो मस्तिष्कभित्रको आकाशलाई ढाक्ने बादलजसरी फैलिएको थियो ।

थाहा छैन, त्यस रातको निद्रा कति गहिरो थियो । बिहान म निकै ढिलोमात्र ब्यूझिएँ । बुबाले नुहाइधुवाइ गरेर पूजा गरिसक्नुभएको थियो । पुरी, पुआ र सेवई खाइसक्नुभएको थियो । दाह्री फालिसक्नुभएको थियो । ब्रसले आफ्नो गालामा साबुनको फिँज निकालिसक्नुभएको थियो– फट, फट, फट !

मलाई सधैँ बुबाले नुहाउँदाखेरि बाथरुमबाट आउने बाल्टी, लोटा र पानीको आवाजले ब्यूँझाउँथ्यो । नभए आमाले तातो घिउमा पुरी तार्दाखेरि आउने 'च्याई चर्ररर'को आवाजले ब्यूँझिन्थें । एकदमै ढिलो भयो भने पनि बुबाको पूजाले ब्यूँझिन्थें– नमामीशमीशां निर्वाण रूपं ! विभु व्यापकम ब्रह्म वेदस्वरूपम !

सिरक हटाएर म खाटमा बसेको मात्रै थिएँ, आमाले देखिहाल्नुभयो ।

छिटो कुल्ला गरेर आऊ, साह्रै मीठो पुआ छ । तिम्रो बुबाले सोह्रवटा पुरी खाइसक्नुभयो ।'

म खाटबाट उफ्रिएर दौडिएँ । तर, आमाले बोलाएको भान्सातिर होइन मेरो नयाँ दुनियाँतिर, जुन राति सुत्नुअघि मैले लालटिनको मधुरो उज्यालोमा निर्माण गरेको थिएँ । अब उनीहरूलाई लालटिनको

मधुरोमा होइन, दिनको उज्यालोमा म हेर्दै थिएँ । हिजो राति सेमलियाले मेरो काखमा राखिदिएदेखि मैले उनीहरूलाई प्रस्टसँग देख्न पाएको थिइनँ, उज्यालोमा ।

दौडिएर म त्यहाँ पुगें, जहाँ आमाले राति उनीहरूको घर बनाइदिनुभएको थियो । आमा भने भान्साबाट मलाई बोलाइरहनुभएको थियो ।

म स्तब्ध भएँ । एउटा अविश्वसनीय र तीव्र आघात मलाई परेको थियो । मैले आफ्ना आँखा अझै ठूला बनाएर हेरें । पर्खाललाई छोएर पनि हेरें । यो कुनै सपना थिएन । म निद्रामा थिइनँ । त्यसो भए रातिका सबै कुरा मेरो सपना थियो त ? लालटिनको मधुरो उज्यालोमा देखापरेको मुसैमुसा भएको सेमलियाको कालो र डरलाग्दो अनुहार, चिमचिम गरिरहेका उसका आँखा थिएनन् ? चकलेटी र खैरो रौं भएका खरायोका बच्चा सेमलियाले मेरो काखमा राखिदिएको थिएन त ? मैले तिनको पिँठ्यू सुमसुम्याएको थिइनँ ? मैले आफ्ना औंला हेरें ।

आमाले काँसको कचौरामा गाईको दूध ल्याइदिनुभएको थियो । मैले कपासको मद्दतले उनीहरूलाई दूध चुसाएको थिएँ । फुपूले सेमलियालाई तुलसी र अदुवा हालेको चिया दिएर भन्नुभएको थियो— यमदूत ।

मैले तिनको नाम पनि राखेको थिएँ— अरेबा-परेबा ।

यही ठाउँमा आमाले थोत्रो सिरक र मेरा थोत्रा पुराना कमिज

राखेर उनीहरूको घर बनाइदिनुभएको थियो । जालीको ढोका पनि आमाले ठोकिदिनुभएको थियो । मैले निद्रामै आमाले गाएको गीत सुनेको थिएँ– 'एहकी से गाइन है अरेबा-परेबा, मारिन है मोहिनियाँ बान रे !'

यतिखेर मेरा अघिल्तिर भित्तो र भण्डारबीचको त्यही खोंच रित्तो थियो । यहाँ कुनै घर थिएन । कहिल्यै घर नै थिएन जस्तो । सिरकका टुक्रा, मेरा पुराना लुगा केही थिएनन् । कुनै जालीको ढोका थिएन । न त अरेबा-परेबा थिए ।

मैले खोंचको चरमा हेरें । त्यहाँ कीला ठोकेको खत थियो तर त्यो निकै पहिलेको जस्तो देखिन्थ्यो ।

अब के त ? मभित्र एउटा डरलाग्दो शून्यले जन्म लियो । एउटा भयावह शून्यता । मेरो चेतनामा त्यो शून्यता छाउन थाल्यो । मभित्रको सबै चीज लुटिएको थियो ।

'आमा !' भएभरको शक्ति लगाएर म चिच्याएँ । बिहानको चिसोले होला, म कामिरहेको थिएँ । घाम लाग्न बाँकी नै थियो । चिसोले गर्दा शरीरमा शक्ति खासै थिएन ।

'आमा, खोइ खरायो ?' म दुःख, उत्तेजना र विरक्तिले दौडिँदै भान्सामा पुगें । आमा माटोको भदालोमा दूध तताउँदै हुनुहुन्थ्यो । एउटा बटुकोमा पुआ, डेक्चीमा सेवई र थालमा पुरी छोपेर राखिएको थियो ।

'को हरायो ?' आमाले मतिर हेर्नुभयो । उहाँको अनुहार तटस्थ

थियो । आँखा एकदमै निस्प्रिह र अज्ञात । यसले म भित्रैदेखि हल्लिएँ । मलाई विश्वास भइरहेको थिएन । केही घन्टाअगाडिसम्म, रातिसम्म मलाई आमा संसारकै सबभन्दा जाती लागेको थियो । यति छिट्टै आमालाई के भयो ? बिहान हुनासाथ आमा यति खराब कसरी बन्नुभयो ?

म रुन थालें । त्यहाँ मेरो कोही थिएन । म एक्लो भएको थिएँ, अलमल र असमञ्जसमा परेको थिएँ, के त्यो सबथोक साँच्चिकै सपना थियो ? यदि थियो भने त्यो कसरी यति वास्तविक थियो ? सेमलिया मेरो सपनाभित्र कसरी आयो ? पहिला त कहिल्यै मेरो सपनामा सेमलिया आएको थिएन । तर, मलाई त्यो सब सपना थिएन भन्ने झिनो भरोसा पनि थियो । त्यो सब सत्य थियो । सायद ममाथि कुनै षड्यन्त्र भएको थियो । यसको सबभन्दा ठूलो प्रमाण भान्साबाट आँगनमा देखिइरहेको काँसको कचौरा थियो । हुन त कचौरा अरू बेला पनि आँगनमा हुन्थ्यो । बिहान फाट्ने भएकाले आमाले प्रायः बाँकी बचेको दूध राति नै बिरालोले खाओस् भनेर आँगनमा राखिदिनुहुन्थ्यो । तर, आज कचौराछेउमा मैले अरेबा-परेबालाई दूध चुसाएको कपास पनि थियो । सायद, कचौरामा बाँकी रहेको दूध राति बिरालोले खायो होला तर कपास त कसैले खाएन ।

म गहिरो द्विविधा र अलमलमा परेको थिएँ । मेरो दिमागभित्र केही धागा अल्झिएर गाँठो परेका थिए । म ती गाँठा फुकाउने प्रयास गर्दै थिएँ ।

मैले रुँदै आमालाई सोधें, ती दुई कहाँ छन्, मलाई भन्नू ?

मलाई दूध तताइरहेको भदालो पल्टाइदिन मन लागिरहेको थियो । र, उम्लिइरहेको दूध आफैँमाथि खन्याइदिउँजस्तो पनि भइरहेको थियो । मलाई मर्नै मन लागेको थियो । तातो दूधले अलिअलि आमालाई पनि पोल्दिउँजस्तो भइरहेको थियो ।

आमा केही नभनीकन उठ्नुभयो । साडीको फेरले भदालो उचालेर भण्डारतिर जानुभयो । मतिर फर्केर पनि हेर्नु भएन । म फेरि त्यहाँ एक्लै भएँ । गए राति बनेको नयाँ संसार मेटिइसकेको थियो । त्यसको कुनै दसी प्रमाण बाँकी थिएन, न त कसैले मलाई त्यसबारे केही भनिरहेको थियो । पानीको फोका वा बेलुनजस्तो संसार । निकै ठूलो फोका । साबुनको फिँजमा उठेको फोका वा पोखरीमा पानी पर्दा बन्नेजस्तो फोका । यो फोकाभित्र एक श्वासजति हावा राति भरिएको थियो र बिहान नहुँदै फुटेको थियो । त्यहाँ केही बाँकी थिएन, बाहिर बाँकी थिएँ– म । एकदम एक्लो ।

त्यस दिन मैले केही खाइनँ । मलाई एकदमै मन पर्ने पुरी र पुआ पनि खाइनँ । यी खानेकुराका लागि पहिले-पहिले म बिहान चार बजेदेखि नै उठ्थें । र, बुबाले कतिखेर नुहाएर पूजा सक्नुहुन्छ भनेर ढुकेर बस्थें । मैले सेवई पनि खाइनँ । दिउँसो पनि केही खाइनँ । पानी पनि पिइनँ । कसैले केही ल्याइदिए म गिलास र कचौरा आँगनतिर हुन्याइदिन्थें ।

मलाई यो संसारमा अरू केही चाहिएको थिएन । बस्, ती दुई प्राणी चाहिएको थियो– अरेबा र परेबा । तिनीहरूलाई कसैले कतै

लुकाएको थियो । ती कहाँ छन् भनेर घरका अरू सबैलाई थाहा थियो । मलाई मात्रै कसैले केही भनेको थिएन । सबै मिलेर जानीबुझी यस्तो गरिरहेका थिए । मेरो पढाइ बिग्रन्छ भनेर, म स्कुल जान्न भनेर वा सायद म दिनभरि किताब-कापी छोडेर तिनैसँग खेलिरहन्छु भनेर होला । घरका मानिसहरूबीच गुप्त सम्झौता भएको थियो । यसैले सबै चुप थिए । भोकले लखतरान भएपछि यसले आफैं खाना खान्छ अनि रातिसम्म बिस्तारै सब बिर्सिन्छ भन्ने उनीहरूलाई लागेको थियो होला । तर, उनीहरूले मलाई चिनेकै थिएनन् । म खाना र पानी त के अरेबा-परेबाका लागि सास फेर्न पनि छोड्न सक्थें ।

अथवा, उनीहरूले ठानेका हुन सक्छन्– सपना ठानेर बिस्तारै मैले सबै भुल्नेछु । साबुन र हावा मिसिएको एउटा कमजोर फोकाजस्तो सपना । जुन फोकाभित्र राति थोरै हावा भरिएको थियो, बिहान फुट्यो । तर, उनीहरू कति मूर्ख थिए । उनीहरूको सोचप्रति मलाई अफसोच लागिरहेको थियो । उनीहरूले रातिका सबै घटनाका दसी मेटाएका थिए तर कपास र काँसको कचौरा आँगनबाट लुकाउन बिर्सिएका थिए । गन्धबारे त उनीहरूलाई थाहै थिएन । जङ्गली खरायोको तीव्र गन्ध मेरो कपडामा लुकी बसेको छ भन्ने उनीहरूलाई के थाहा ? त्यो गन्ध अहिले पनि मैले फेर्ने साससँगै भित्र गइरहेको थियो ।

अरेबा-परेबालाई म बिर्सिन सक्दिनथें । यो असम्भव कुरा थियो । उनीहरूसँग राति निर्माण भएको मेरो संसार अमर भइसकेको थियो ।

मलाई सबभन्दा ठूलो धक्काचाहिँ आमाका कारण लागेको थियो । म यसको चोटबाट बौरिन सकिरहेको थिइनँ । आमा पनि यो षड्यन्त्रमा सरिक हुनुहुन्थ्यो । आमा त यस्ती हुनुहुन्नथ्यो । उनीहरूले सायद आमालाई फकाइफुल्याइ गरे होलान् । बुबाले आमालाई सधैं भन्नु पनि हुन्थ्यो– तिमी साह्रै सोझी र मूर्ख छौ । यो धूर्त संसारलाई चिन्दिनौ । एक मन आमालाई गएर ती दुई मलाई फिर्ता गरिदिनूस्, म खुब पढ्छु, सधैं स्कुल जान्छु भन्न मन लागेको थियो । ज्वरो आउँदा पनि, मूसलधारे पानी परेको दिन पनि, असिना परेको दिन पनि स्कुल जान्छु भनौं कि जस्तो लागेको थियो । तर, फेरि आमाले ममाथि गरेको विश्वासघात सम्झिएर बोल्न पनि मन लागेन । मलाई सबभन्दा बढी रिस आमासँगै उठिरहेको थियो । खाना र पानी नखाएर, कोठाभित्र बन्द भई बसेर, गिलास हुन्याएर मैले खासमा आमालाई नै दण्ड दिइरहेको थिएँ । आमाले साह्रै नराम्रो काम गर्नु भएको थियो ।

तर, मलाई थाहा थियो– आज आमाले पनि केही खानुभएको छैन । न पुरी, न सेवई । दिउँसो पनि आमाले खाना खानुभएन होला । आमालाई साह्रै भोक लागिरहेको होला । अझै दिनभरि आमाले पानी पनि नपिउनुभएको हुन सक्छ ।

मैले आफूलाई कोठामा बन्द गरेको थिएँ । मैले सोचेको थिएँ, यदि मलाई कसैले केही भन्दैन भने म पनि कसैसँग बोल्दिनँ । अब त खुसी हौला नि तिमीहरू । तिमेरूले जे गर्न सक्थ्यौ, गन्यौ । अब मेरो पालो ।

साँझतिर आमा मेरो कोठामा आउनुभयो । चुपचाप मेरो पलङमा बसेर मेरो निधारमा हात राख्नुभयो । अनि, मेरो टाउको सुमसुम्याउन थाल्नुभयो । मेरा हातका औंला समाउनुभयो । मेरो पेटमा दुई औंलाले चलाएर काउकुती लगाउन खोज्नुभयो । तर, म ढुङ्गो बनेको थिएँ । मेरो शरीररमा साँच्चिकै यति धेरै दुःख भरिएको थियो कि काउकुती पनि लाग्न सक्थेन । जसले मविरुद्ध षड्यन्त्र गरेका थिए, ती सबैका लागि म मरिसकेको थिएँ । यसमा आमा पनि पर्नुहुन्थ्यो ।

अलिबेरमा आमाले कुरा थाल्नुभयो । उहाँको आवाजमा अचम्मको निर्बलता थियो । कम्पन पनि थियो र त्यो भित्रैदेखि आएजस्तो लाग्थ्यो । 'यो कुरा भन्न हुँदैन । यदि मैले तिमीलाई भनें भने मसँग भगवान रिसाउनुहुन्छ । यस्तो कुरा कसैलाई पनि भन्नै हुँदैन ।' एकछिन चुप लागेर आमाले फेरि भन्नुभयो, 'मैले भनें भने मलाई ठूलो पाप लाग्छ । महापाप । भगवान ले मलाई यसको दण्ड पनि दिन सक्नुहुन्छ । तर, तिमी साह्रै जिद्दी गर्छौ । यस्तो गर्नुहुँदैन । यस्तो तालले त तिमी पछिसम्मै दुःखी र उदास बन्ने छौ । यसरी केही नखाएर पनि हुन्छ ? तिमीलाई थाहा छ, एक छाक नखाँदा मान्छेको शरीरबाट एउटा चराजति मासु घट्छ । तिमीले दुई छाक खाएका छैनौ । तिम्रो शरीरबाट दुइटा चराको जति मासु घटिसक्यो ।'

त्यसपछि उहाँले अलि जोड दिएर भन्नुभयो, 'कसैले जति डराए पनि, लोभ देखाए पनि यो कुरा कसैलाई भन्दिनँ भन्ने कसम खाऊ ।' मैले कसम खाएँ । त्यो रहस्य थाहा पाउन म व्याकुल थिएँ । मेरो शरीर कामिरहेको थियो । एक-एक पल मलाई लामो लागिरहेको

थियो । म आमालाई एकटक हेरिरहेको थिएँ । कतै आमाले आफ्नो निर्णय बदल्नुहुन्छ कि भन्ने डर मलाई थियो ।

'मैले हजुरआमाको गीत गाइसक्दा तिमी निदाइसकेका थियौ । ठ्याक्कै त्यही बेला आँगनबाट जिप/कारको जस्तो आवाज आयो । मलाई यति राति को आयो होला भन्ने लाग्यो । सायद तिम्रो ठूलोबाट याक्टर लिएर आउनुभएको हो कि भन्ने लाग्यो । फेरि मलाई याद आयो, हाम्रो गेटबाट त ट याक्टर छिर्नै सक्दैन । मैले झ्याल खोलेर हेरें । म त छक्कै परें । आँगनमा एकदम चर्को उज्यालो थियो, केही पनि नदेखिने । मलाई साह्रै डर लाग्यो । त्यो आवाज जिप/कारको जस्तै भए पनि जिप वा कारको थिएन, अलिअलि फरक थियो । उज्यालो पनि अर्कै किसिमको थियो । मलाई कुनै उडनतस्तरी (यूएफओ) हाम्रो आँगनमा आएछ कि जस्तो लाग्यो । त्यही बेला ओछ यानछेउको मूढोमा मेरो खुट्टा ठोक्कियो र त्यसमाथि राखेको पानीको अम्खोरा र गिलास जोडले भुइँमा खस्यो । यसको ठूलो आवाज आयो । अनि, त त्यहाँ भुइँचालो आएजस्तै भयो ।'

म एक टक आमाका कुरा सुनिरहेको थिएँ । उहाँले मेरो दाहिने हातलाई आफ्नो मुठ्ठीमा कस्नुभएको थियो । 'जग र गिलास खसेको आवाजले त्यहाँ बबन्डरजस्तै भयो । र, क्षणभरमै सब बिलायो । एकदम गायब भयो । आँगनमा केही पनि थिएन । अँध्यारोमात्रै थियो !' आमा बोलिरहनुभएको थियो । उहाँको आवाजमा यस्तो सत्यता थियो, उहाँले भनेका सबै कुरामा मलाई विश्वास भइरहेको थियो ।

'त्यसपछि म सबभन्दा पहिला तिम्रा अरेबा-परेबालाई हेर्न गएँ । त्यहाँ केही पनि थिएन । उनीहरूको घर पनि थिएन । म तर्सिएँ । अनि, फर्किएर आँगनमा आएँ । त्यहीबेला फेरि एकदम ठूलो आवाज आयो । मलाई लाग्यो, आँगनमा केही गह्रुँगो कुरा खसेको छ ।'

आमाका कुराले मेरो शरीरमा काँडा उम्रिइरहेको थियो । आमा कहिल्यै झूट बोल्नु हुन्थेन । मसँग बोल्ने त चान्सै थिएन । आमाको निधारमा तीनवटा रेखा बनेका थिए । मलाई थाहा थियो, आमाले सत्य बोलेका बेलामात्र निधारमा यस्तो रेखा बन्थे । मैले उहाँको कुरा मानें । उहाँको हातलाई मैले जोडले समाएँ । आमाले लामो सास फेर्नुभयो, कुनै ठूलो सङ्कटबाट पार भएजसरी ।

'म धन्न बाँचें । त्यसबेला म आँगनको दक्षिणनेर भा भए माथिबाट खसेका ढुङ्गाले मलाई लाग्ने थियो । नजिकै गएर ती ढुङ्गा हेर्दा म त छक्क परें ।' फेरि एकछिन मौन बसेर आमाले भन्नुभयो, 'ती ढुङ्गा, ढुङ्गा थिएनन्, अरेबा-परेबा थिए । मैले तिनलाई त्यहाँबाट उठाएर पानीको गग्रेटोनेर राखिदिएकी छु । तिमी नै गएर हेर ।'

म आमासँगै गएँ । हाम्रो बाथरूम भएपट्टि आँगनको दक्षिणनेर पानीका गाग्री राख्ने गग्रेटो थियो । काठका खाँबा गाडेर पानीका भाँडा राख्नका लागि बनाइएको । हाम्रा घरभरिका पिउने पानीका गाग्रा त्यहीँ राखिन्थे । एउटा तामाको गाग्री र अरू माटाका भुड्काहरू । त्यसैमुनि हेर्दै अचम्मका लाग्ने, अमिल्दा लाग्ने दुई ढुङ्गा थिए । चकलेटी र खैरो रङका दुइटा ढुङ्गा । मैले गहिरिएर हेरें । ती साँच्चिकै

जङ्गली खरायोका बच्चाजस्ता देखिन्थे । तिनका आँखा थिए, पिठ थियो । उनीहरू गुड्डुल्कुएर बसेका थिए । कान पनि खुम्चिएका । डराएजस्ता ।

'सायद ती देउताका बदमास छोरा थिए । आफ्नो उडनतस्तरीमा उनीहरू राति घुम्न निस्किएका थिए । राति आँगनमा तिमीले अरेबा-परेबालाई दूध खुवाइरहेका बेला उनीहरूले तिम्लाई देखेजस्तो छ । त्यही भएर आधा रातपछि घरबाट बाहिर निस्किन हुँदैन भनिन्छ । बाहिरको अँध्यारोमा कसले कहाँबाट हेरिरहेको हुन्छ, थाहै हुँदैन । कहिलेकाहीँ त राति उड्ने चरा, कीराफट्याङ्ग्राले पनि पृथ्वीका कुरा देउतालाई लाइदिन्छन् । तिमी फट्याङ्ग्रालाई कम नठान । हरेक मान्छेको दिनभरिको कुरा उनीहरू रातभरि कराएर देउतालाई सुनाउँछन् । तिमीलाई थाहा छ, मान्छेबाहेक पृथ्वीका सबै प्राणी भगवान्का जासुस हुन् । कमिला, माखा, कुकुर, बिराला, गाईगोरू, चमेरा र जुनकीरी पनि ।' म अवाक भएर ती दुई पत्थरलाई हेरिरहेको थिएँ । ती साँच्चिकै अरेबा-परेबा नै थिएँ । म साह्रै दुःखी थिएँ । जेसुकै भएको भए पनि मेरा अरेबा-परेबा हराएका थिए ।

आमा बोलिरहनुभएको थियो, 'मान्छेले आफूलाई कसैले दैख्या छैन भन्ठान्छन् । तर, ईश्वरका जासुसले हरपल उनीहरूलाई देखिरहेका हुन्छन् । माउसुली, मुसा र लामखुट्टेले पनि हेर्छन् । यीमात्रै होइन, रुख-बिरुवा र घाँसले पनि । कोही-कोही कीरा फट्याङ्ग्राका त आँखामा क्यामराको लेन्स हुन्छ । यिनले कसले के गरिरहेको

छ, एक-एक पलको खबर, धरतीको हरेक कुनाको खबर, एक-एक मानिसको जानकारी लगातार भगवान सम्म पुऱ्याइरहन्छन ।'

तर, मैले भगवान को के बिगारेको थिएँ र उनले मेरा अरेबा-परेबा खोसे ? यो मेरो प्रश्न थियो । 'भगवान्ले होइन, देउताका बदमास छट्टु बच्चाले तिम्रा खरायो चोरेका हुन । भगवान ले थाहा पाएर गाली गरेपछि ढुङ्गा बनाएर तल पठाएका होलान्,' आमाले भन्नुभयो । 'ल, हिंड अब केही खाऊ । बिहानको पुरी, पुआ र सेवई मैले राखेकी छु । तिमीले खायौ भने म पनि खान्छु ।'

त्यतिबेला पनि म रोइरहेको थिएँ । दुई ढुङ्गाका रूपमा अरेबा-परेबा फिर्ता आएका भए पनि त्यसले मभित्रको खालीपना भरिएको थिएन । यो आकस्मिक वञ्चना र देउताका बच्चाले गरेको अन्यायको पीडा गहिरो थियो । खरायोका त्यति साना बच्चाहरूको के गल्ती थियो र अकारण तिनीहरू ढुङ्गा बन्नु परेको थियो ? न त सास फेर्न सक्थे, न तिनलाई भोक लाग्थ्यो, न कपासको डोरीबाट दूध चुस्न सक्थे । ढुङ्गा बन्दाखेरि ती कति आत्तिए होलान् । तिर्खा लाग्दाखेरि ती ढुङ्गाको आत्मा कति तड्पिन्छ होला ?

अब ठूलो भएपछि हजार माइल टाढाको कुनै जङ्गल, खेतको आली वा आँगनमा उम्रिएको दूबो देख्ने सपना पनि उनीहरूले पाल्न सक्दैनन ।

मसँगै आमाले पनि खाना खानुभयो । मलाई आमाले मात्रै राम्ररी बुझ्नुहुन्थ्यो । मेरो भित्री दुःख र खालीपनबारे उहाँलाई राम्रोसँग थाहा थियो । सायद यसैले होला, खाना खाइसकेपछि आमाले बडो प्रेम,

करुणा, उदासी र असहाय भावले मलाई हेर्दै भन्नुभयो, 'तर, मलाई पूरा विश्वास छ, कुनै न कुनै दिन देउताका बच्चाहरू वा कुनै अर्को देउता हाम्रो आँगनको बाटो भएर हिँड्नेछन् । र, त्यतिबेला तिनीहरूले यी पत्थरलाई फेरि अरेबा-परेबा बनाएर जीवित गराइदिनेछज् । धरतीमा भगवान का यतिधेरै दूत र जासुस छन्, कसै न कसैले त यो अन्याय र तिम्रो दुःखबारे भगवान लाई पक्कै भन्ने छ ।'

'अब दुःखी नहोऊ, खुसी होऊ ।'

यो घटना चालीस-बयालीस वर्ष पहिलेको हो ।

म कैयौँ घन्टासम्म ती दुइटा ढुङ्गालाई हेरिरहन्थें । यी ढुङ्गालाई फेरि खरायोको बच्चा बनाइदेऊ भनेर भगवान सँग मनमनै प्रार्थना गर्थें । कति-कतिखेर त मलाई ती दुई ढुङ्गा बिस्तारै हलचल गरिरहेजस्तो भ्रम हुन्थ्यो । त्यस्तो बेला म झन् नजिक गएर एक टक हेर्थें । मलाई उनीहरूले साँच्चिकै सास फेरिरहेजस्तो लाग्थ्यो । उनीहरूको ढुङ्गाको शरीरमा कम्पन भएजस्तै लाग्थ्यो । एकपटक ठूलोचाहिँ अरेबा साँच्चिकै जीवित भयो भन्ने मलाई लाग्यो । मैले दौड्दै गएर कचौरामा गाईको दूध लिएर आएँ । दूधको कचौरामा त्यसको मुख गाडिदिएँ । मेरो विश्वास गर्नूस्, पत्थरको अरेबाले कचौराको दुःख सिनित्तै पारिदियो । अरेबा फेरि जीवित भएको देखेर म यति धेरै खुसी र उत्तेजित भएँ, मेरा आँखाबाट तप्-तप् आँसु चुहिए ।

तर, मेरो ठूलो प्रतीक्षा र तपस्याका बाबजुद अरेबा जस्ताको

तस्तै रह्यो, एउटा अचल ढुङ्गो । सायद, एक कचौरा दूधले उसको पेट भरिएको थियो र मेरो संसारमा फर्किएर आउने उसको रुचि पेट भरिएसँगै मरेको थियो । ढुड गाका रूपमै ऊ खुसी थियो ।

यस घटनाको चार-पाँच वर्षपछि आमा बित्नुभयो । आमालाई क्यान्सर भएको थियो । उहाँको श्वासनली गलित भएको थियो । पछि त उहाँ बोल्नै नसक्ने हुनुभएको थियो ।

कैयौंपटक मलाई एउटा गहिरो अपराधबोध भयो । कतै मेरो ढिपी र रिससँग हारेर, खाना नखाएका कारण मेरो शरीरबाट दुइटा चराजति मासु घटेको देख्न नसकेर, त्यस रातको सबै कुरा मलाई बताएका कारण आमालाई पाप लागेको पो थियो कि ? देउताहरूले आमालाई त्यस पापको दण्ड पो दिएका थिए कि ? आखिर मनमा दया-माया हुनका लागि देउता कुनै मान्छे त होइनन नि ! देउताको के भर !

म यस्तै थिएँ । रिस उठेपछि र जिद्दी गर्न थालेपछि म केही देख्दिन्थें, अन्धो बन्थें ।

खरायोका त्यति साना र कोमल बच्चाहरूलाई ढुङ्गा बनाइदिने ती देउताहरूलाई पनि स्वर्गमा बस्ने कुनै अधिकार छैन । यति सानो कुरा आफ्नो छोरालाई भनी भन्दैमा कसैकी आमाको सास फर्ने नली नै सडाइदिन हुन्छ त ?

म कति अभागी रहेछु । सेमलियाले दिएका अरेबा-परेबामात्रै

होइन, मैले आफ्नी आमालाई पनि गुमाएँ । ती आमा, जो संसारकै सबभन्दा राम्री आमा थिइन् ।

अचेल म बूढो भइरहेको छु । तर, हाम्रो गाउँको घरको आँगनमा ग्रेटोमुनि आमाले राखेका ती दुई ढुङ्गाहरू अहिले पनि जस्ताको त्यस्तै छन् । अब म पनि त्यसबेलाजस्तो छ-सात वर्षको बालक रहिनँ । त्यस रात खासमा के भएको थियो, अहिले म जान्दछु ।

खासमा भित्ताको खोँचमा आमाले बनाउनुभएको सिरकका टुक्रा र मेरा पुराना कमिजको घर सुरक्षित थिएन । न त अँध्यारोमा ठोकेको कीलामा अड्याइएको तारजालीको ढोका नै बलियो थियो । त्यो एकै झट्कामा भत्किने खालको थियो । त्यस रात म निदाइसकेको थिएँ र आमाले हजुरआमाको गीत गाएर सक्नुभएको थियो, त्यसै बेला त्यो जङ्गली, हिंस्रक र आवारा वन बिरालो बग्घा आइपुग्यो होला । खरायोका निर्दोष बच्चाहरूको नरम चकलेटी रौंको गन्ध उसले पायो होला । अझै मैले अरेबा-परेबालाई दूध खुवाइरहेका बेला त्यो दुष्टले अँध्यारोमा घात लगाएर बसेको पनि हुन सक्छ । र, त्यसको आवाज थाहा पाएर अँध्यारोमा नै आमा छामछुम गर्दै त्यहाँ पुग्नुभयो होला । मट्टितेल बचाउनका लागि तिनताक आमा सुत्ने बेला सधैं लालटिन निभाउनुहुन्थ्यो । अँध्यारोमा आमा पुग्दा बग्घाले अरेबा-परेबालाई मारिसकेको थियो होला ।

मेरो स्वभाव कस्तो थियो भन्ने आमा राम्ररी जान्नुहुन्थ्यो । यसैले यो घटनाको धक्का मैले सहन सक्विनँ भन्ने उहाँलाई थाहा थियो । उहाँले यसका लागि आफैलाई दोषी ठान्नुभयो होला । यदि मैले

लालटिन लिएर उज्यालोमा किला ठोकेको भए तारजालीको ढोका त्यति सजिलै भत्किने कमजोर हुन्थेन भन्ने आमाले सोच्नुभयो होला । खासमा काँटी भित्तामा गडेकै थिएनन् । त्यही भएर मैले बिहान हेर्दा काँटी गडेको खत नदेखेको । पक्कै पनि यो दुर्घटनाका लागि उहाँले आफैलाई जिम्मेवार ठान्नुभयो ।

चालीस-बयालीस वर्षपछि, आमाले त्यस रात अरू धेरै काम गर्नुभयो होला भन्ने कुरा अनुमानका आधारमा म तपाईंलाई बताइरहेको छु । मलाई लाग्छ— त्यस रात त्यहाँ पुग्दा आमा स्तब्ध हुनुभयो । आफूले अरेबा-परेबाका लागि सुरक्षित घर बनाइदिएकी छु भन्ने उहाँलाई लागेको थियो । त्यसपछि उहाँले मरेका अरेबा-परेबालाई लगरे हाम्रो घरपछाडि नदीको तीरमा खाल्टो खनेर पुर्नुभयो होला । खाल्टो खन्नका लागि उहाँले भण्डार-घरमा राखेको बेल्चा अँध्यारोमै खोज्नुभयो होला । किनभने, तेल बचाउनका लागि लालटिन त उहाँले सुत्नुअघि नै निभाइसक्नुहुन्थ्यो ।

त्यसपछि घरपछिल्तिर कतै लगेर अरेबा-परेबाको गुँड बनाइएका सिरकका टुक्रा र मेरा पुराना कमिज जलाइदिनुभयो होला । यदि म दिनभर रिसले ढोका थुनेर कोठाभित्र नबसी अरेबा-परेबालाई खोज्न निस्किएको भए कपडा जलाएको कुनै प्रमाण मैले भेट्ने थिएँ होला । म दाबीका साथ भन्छु— कतै न कतै खरानी पक्कै थियो होला ।

यसपछि आमाले बिस्तारै अरेबा-परेबा थिए भन्ने जनाउने सबै दसी प्रमाण मेटाउनुभयो । भोलिपल्ट बिहान म उठ्दा हिजो रातिका सबै कुरा केवल मेरा सपना थिए भन्ने भ्रम पैदा गर्न सफल हुनेछ

भन्ने उहाँलाई पूरा विश्वास थियो । तर, आमाले आँगनमा रहेको काँसको कचौरा र कपास हटाउन बिर्सनुभएको थियो । त्यस रात आमाले गरेको सबभन्दा ठूलो भूल यही थियो ।

अरेबा-परेबाका कारण मेरै शरीर र कपडाबाट निस्किइरहेको गन्धबारे पनि उहाँलाई थाहै थिएन ।

भोलिपल्ट जुनबेला म खानापिना छोडेर कोठाभित्र बसिरहेको थिएँ, त्यो दिनभर आमा नदीको किनारतिर भट्किइरहनुभयो होला । त्यही उहाँले निकै सोचविचार गरेर एउटा कथा बनाउनुभयो होला । त्यही तीरमा उहाँले खरायोका बच्चाको जस्तो आकारका दुई ढुङ्गा पनि खोज्नुभयो होला । अनि, तिनै ढुङ्गालाई ल्याएर आँगनको दक्षिणपट्टि गग्रेटोमुनि ल्याएर राख्नुभयो होला । यही समयमा उहाँले भित्रभित्रै त्यो कथा कथ्नुभयो होला । आमालाई राम्ररी थाहा थियो, म उहाँलाई साह्रै माया गर्थें र संसारमा सबभन्दा बढी विश्वास पनि उहाँकै मान्थें ।

त्यसपछि मात्रै उहाँ मेरो कोठामा आउनुभएको थियो र मलाई त्यो कथा सुनाउनुभएको थियो । तर, यो सबबीच आमा भोकै-प्यासै हुनुहुन्थ्यो भन्ने कुरा म निकै कोसिस गर्दा पनि भुल्न सक्दिनँ । तपाईं पनि नभुल्नु होला । उहाँ रातभर सुत्न सक्नुभएको थिएन । बिहान उठ्नासाथ बुबाको व्रत तोड्नका लागि पुरी, पुआ र सेवईको खिर बनाउनु पर्ने थियो । तर, उहाँ एउटै कारणले गर्दा भोकै हुनुहुन्थ्यो किनभने म भोकै थिएँ ।

आमा हुनुहुन्न । तर, उहाँले ल्याएका ती दुई ढुङ्गा अहिले पनि हाम्रो आँगनमा छन् । सत्य के पनि हो भने कथा लेख्न मैले अन्त कतैबाट होइन, आमाबाटै सिकेको हुँ ।

सधैँजस्तै अब म तपाईंलाई त्यो घटना सुनाउँछु, जुन बिना कुनै कथा पूरा हुँदैन । त्यो घटनाले म आफै पनि आश्चर्यमा पर्छु ।

घटना सन् २००१ मे महिनाको हो । त्यस रात म आफ्नो घरको आँगनमा खाटमा पल्टिइरहेको थिएँ । घरका सबै मान्छे सुतिसकेका थिए । आकाश निकै गहिरो, नीलो र सफा थियो । सृष्टिको पहिलो स्वच्छ, नवजात आकाशजस्तो । अनन्तमा फैलिएको निरभ्र गगनमा असङ्ख्य ग्रह, नक्षत्र र उपग्रहहरू अनगिन्ती ताराजसरी टाढा-टाढा चम्किइरहेका थिए ।

त्यो चतुर्दशी वा पूर्णिमाको रात थियो । चन्द्रमा पूर्णरूपमा विकसित भइरहेको थियो । त्यस चन्द्रमाको शान्त, शीतल, कोमल उज्यालो धर्तीभरि फैलिएको थियो ।

ठीक त्यसै बेला मैले त्यो दृश्य देखें । देखेर मैले आफ्ना आँखा मिचें । म त्यतिबेला निदाएको थिइनँ । मैले प्रस्ट देखें– गग्रेटोमुनि राखिएका ती ढुङ्गा हिँडडुल गरिरहेका थिए । एकैछिनमा ती दुई ढुङ्गा आँगनमा उम्रिएको दूबोमा घिस्रिने, उफ्रिने र दौडिने गर्न थाले ।

ती अरेबा-परेबा थिए । उनीहरूलाई देउताले फेरि ब्यूँत्याइदिएका थिए । उनीहरू आँगनमा खेलिरहेका थिए । निर्भय । चकलेटी र खैरो

रङका कपासका दुइटा साना डल्लाहरू । उनीहरूबाट आइरहेको रौं डढेजस्तो जङ्गली गन्ध पनि चारैतिर फैलिइरहेको थियो । चन्द्रमाको शीतल उज्यालोमा मिसिएर त्यो गन्ध मेरो सासबाट मभित्र प्रवेश गरिसकेको थियो । मलाई डर लाग्यो, कतै बग्घा आयो भने ?

तिनको हत्या भएपछि तिनको ठाउँमा ढुङ्गा खोजेर ल्याई राख्नलाई अब त आमा पनि हुनुहुन्थेन ।

अचेल बग्घाहरूको सङ्ख्या पनि निकै बढेको छ । अब त्यो बग्घा एक्लो छैन । अचेल त बग्घाहरू झुन्ड र गिरोहमा डुल्छन् । मैले उनीहरूलाई ठूलठूला भवनभित्र कुर्सीमा बसेको देखेको छु । संसारका सबै कोमल, पवित्र, निहत्था र सुन्दर जीवनहरू यतिखेर ठूलो खतरामा छन् ।

तपाई ध्यान दिएर हेर्नूस्– हाम्रो समयका प्रत्येक भित्तामा रगतका छिटा छन् ।

तपाई आफै भन्नूस्– के मेरो डर आधारहीन छ ?

र, यो पनि भन्नूस्– के तपाई बग्घाहरूको आक्रमण सधैं यसरी नै चुपचाप हेरिमात्र रहनुहुन्छ ?

५.

दिल्लीका पर्खाल

यो कथा खासमा एउटा ओत हो, जसको पछाडि लुकेको एउटा रहस्यबारे म तपाईंहरूलाई बताउन चाहन्छु । किनभने, अहिलेको जस्तो अवस्थामा हल्लाहरू नै सूचनाका रूपमा तपाईंहरूसमक्ष आइपुगिरहेका छन् । र, स्थिति यस्तो छ कि कुनै पनि बेला म नै तपाईंहरूबीच उपस्थित नरहन सक्छु ।

पान पसलबाट खुलेको सुरूङको नागरिकता, जोगीको आंसु र थुक

मेरो फ्ल्याटबाट सञ्जय चौरसियाको पानको ठेला आधा किलोमिटर पनि टाढा थिएन । उसको ठेलासँगै रतनलालको चियाको ठेला थियो । सञ्जय प्रतापगढ नजिकैको बिसीपूरा गाउँबाट दिल्ली आएको थियो भने रतनलाल सासारम गाउँबाट । कुनै पनि बेला नगरपालिकाका कर्मचारी आइपुगे भने पसल लिएर भाग्न सजिलो होस् भनेर उनीहरू दुवैले आफ्नो पसल ठेलामा चलाएका थिए । हुन त मोटरसाइकलमा गस्ती गर्ने प्रहरी यो क्षेत्रमा घुमिरहेका हुन्थे तर ती पुलिसबाट उनीहरूलाई खतरा थिएन । किनभने, हरेक महिना उनीहरूले ती पुलिसलाई कति पैसा दिने भन्ने सम्झौता भइसकेको

थियो । चियावाला रतनलालले पुलिसलाई हरेक महिना पाँच सय चढाउँथ्यो भने सञ्जयले सात सय पचास ।

'हामीलाई यहाँ शान्ति छ । कुनै पक्की घरमा पसल थापेको भए पनि त आखिर भाडा तिर्नुपर्थ्यो । हो कि होइन ? मान्छेले खाना खाँदा पनि त चार गाँस कुकुरलाई छोड्छ नि ! हो कि होइन ?' सञ्जयले मुस्कुराउँदै भन्थ्यो । कसको जीवन कुकुरजस्तो छ ? म सोच्थें ।

त्यहाँ अरू पनि फुटपाथ पसल थिए । दस कदम टाढा साइकलको पङ्चर टाल्ने मदनलाल, उसको ठीकअगाडि सडकको पल्लोपट्टि मोची देवीदिनको जुत्ता सिलाउने पसल, त्यहाँबाट अझै अघि बढ्दा स्कुटर र अटो मर्मत गर्ने र पङ्चर पनि टाल्ने सन्तोषको पसल । सन्तोष करिब चार वर्ष पहिले सीतामढीबाट दिल्ली आएको थियो । मदनलाल र देवीदिन नजिकैको राज्य हरियाणाका कुनै गाउँबाट आएका थिए । उनीहरूले आफ्नो पसल भुइँमै खोलेका थिए । दिन ढलेर साँझ हुने समयतिर क्वालिटी आइसक्रिमको रङ्गीन ठेला ठेल्दै ब्रजेन्द्र आइपुग्थ्यो । उसको ठेलामा अङ ग्रेजी भाषामा विज्ञापन लेखिएको थियो ।

साँझमै राजवती पनि पति गुलसन र तीन बच्चासहित आइपुग्थी । राजवतीले त्यहाँ उसिनेका अन्डा बेच्थी । उसको पसलभन्दा पछाडिपट्टि ईंटाको पर्खालले घेरेको एउटा परिसर थियो । यो ठाउँ सुनसान हुन्थ्यो । राति त्यहाँ कार चढ्ने मानिसहरू आउँथे र गुलसनसँग ह्विस्की वा रम माग्थे । त्यतिबेलासम्म सरकारी रक्सी

पसल बन्द भइसकेका हुन्थे । यसैले गुलसनले साइकलमा गएर कतैबाट ब्ल्याकमा ठर्रा वा पौवा ल्याइदिन्थ्यो । कुनै कुनै ग्राहकले चाहिँ उसिनेको अन्डासँगै चिकन टिक्का पनि माग्थे । यसभन्दा अगाडिको सडकबत्ती भएको चोकनेर सरदार सत्तो सिंहको ठेलामा चिकन टिक्का पाइन्थ्यो । गुलसन त्यो पनि ल्याइदिन्थ्यो । उसले थोरै रक्सी र केही पैसा टिप्सका रूपमा पाउँथ्यो । यसरी पाएको रक्सी गुलसन मजाले खान सक्थ्यो । उसकी पत्नी राजवतीले रोक्दिनथी । किनभने, आफ्नो पैसाले किनेको ठर्राभन्दा फोकटमा पाएको विदेशी रक्सी लाख गुना राम्रो हुन्छ भन्ने उसलाई लाग्थ्यो । ठर्राको पोकोमा मिसावट हुन्छ । जुन रक्सी खाएर कति मान्छे अन्धा भएका थिए, कतिको त ज्यानै गएको थियो ।

त्यहाँ रिक्सावालाहरू पनि थकाइ मार्न र यात्रु कुर्न आउँथे । यसले पनि त्यस ठाउँमा चहलपहल भइरहन्थ्यो । धेरैजसो रिक्साचालकहरू बिहार र उडिसाका हुन्थे । केही दिनसम्म त्यो हातानजिकै नालन्दाबाट आएको तुफैल अहमद आफ्नो सिलाइको मेसिन लिएर बस्न थालेको थियो । तुफैल अहमदको बसाइको कुनै निश्चित ठेगाना थिएन, त्यसैले कसैले पनि उसलाई कपडा छोडेर जान्थेनन् । धेरैजसो स्कुले विद्यार्थीका झोला तथा मजदुर र रिक्सा चालकहरूका युनिफर्म सिलाउने काम उसले पाउँथ्यो । पछिल्लो करिब पन्ध्र दिनदेखि ऊ यहाँ आइरहेको थिएन । कसैले बिरामी भएको छ भन्थे त कसैले नालन्दा नै फर्कियो भन्थे । कसै-कसैले चाहिँ यहाँ आउँदाखेरि बाटोमा ब्लु लाइनको बसले किचेर उसलाई मारिदियो पनि भने ।

उसको लुगा सिउने मेसिन पुलिस चौकीपछाडि मिल्किएको थियो । राजवतीको ठेलासँगै राति चना-मसला र दिउँसो छोला-कुलचे बेच्ने नत्थो र उसकी पत्नी माङ्गेराम पनि केही महिनादेखि बेपत्ता थिए । उनीहरूका बारे कसैलाई केही थाहा थिएन । कसैले सुनाएको थियो कि माङ्गेरामको पेटमा क्यान्सर भएको थियो । उसको उपचार गर्दा गर्दा नत्थो 'बर्बाद' भई । र, माङ्गेराम मरेपछि आफ्ना दुवै बच्चा लिए जमुनापाराको कुनै कुलचेवालासँग गई ।

यहाँ यस्तै हुन्थ्यो । यो नियमजस्तै थियो । यहाँ हरेक दिन आउने मान्छे एक दिन अचानक अनुपस्थित हुन्थ्यो र त्यसपछि कहिल्यै पनि कतै देखिँदैनथ्यो । यीमध्ये धेरैजसो मान्छेको कुनै निश्चित ठेगाना नै हुन्थेन । यसैले त्यहाँ गएर उनीहरूबारे सोधखोज गर्न पनि सकिन्थेन । उदाहरणका लागि राजवती आफ्नो पति गुलसन र बच्चाहरूका साथ यहाँदेखि चार किलोमिटरअगाडि बाइपासनजिकैको एउटा भत्किएको थोत्रो घरमा बस्थी, जुन सोह्रौं शताब्दीमा बनेको थियो । कुनै बेला तपाईंले करनाल वा अमृतसर जाने राष्ट्रिय राजमार्गबाट उत्तरतिर नजर दौडाएको भए (जहाँबाट फोहोर ढल बग्छ) तपाईंले गोलो गजुरजसरी गुम्बद लगाइएको थोत्रो भवन पक्कै देख्नुभएको होला । माटो र काई जमेका पुराना ढुङ्गा र ईंटाको गुम्बद भएको आधाउधी भत्किएको भवन । यस्तो ठाउँमा पनि मान्छे बस्छन् भनेर कसैले सोच्न सक्दैन । दिल्लीबाट लाहोर अर्थात् भारतबाट पाकिस्तान जाने प्रसिद्ध 'सद भावना' बस यही राजमार्गमा गुड छ ।

त्यस खण्डहरमा अरू मान्छे पनि बस्थे । तीमध्ये दुई जनाबाहेक अरूका परिवार पनि थिए । एक जना थियो रिजवान । उसको दाहिने गोडा र देब्रे हात कुष्ठरोगका कारण झरेका थिए । अर्को थियो, सनेही राम । सनेही राम यति बूढो भएको थियो कि दिनभरि ढलनजिकैको निमको रूखमुनि सुत्थ्यो । सनेही रामलाई रामचरित मानस र सुरसागर मुखाग्र थियो । ढोला मारूको कथा र आल्हा ऊ यति सुन्दर ढङ्गले गाउँथ्यो कि श्रोता रोमाञ्चित हुन्थे । त्यही खण्डहरमा बस्ने परिवारका मानिसहरूमध्ये कसै न कसैले उसलाई हरेक दिन खाना दिन्थे । रिजवान हरेक बिहान उठेपछि बाइपासमा रहेको गोपाल धनखडको ठेलामा चिया पिउँथ्यो । मठ्ठीजस्तै केही खाने कुरा त्यहीँ खान्थ्यो । र, बस स्टपमा पुग्थ्यो । यहाँ उसको काम दिनभर पैसा माग्ने हुन्थ्यो, भीख माग्ने । उसले भीख पनि राम्रै पाउँथ्यो । रिजवानका दारी फुलेर तिलचामले भएका थिए । उसको अनुहार हेर्दा फिल्म 'काबुलीवाला'को बलराज साहनीको याद आउँथ्यो ।

सोह्रौँ शताब्दीको त्यो खण्डहरमा बस्ने अरू मान्छेमा राजवतीकी बहिनी फुलो, आजादपुर तरकारी बजारको बाहिरपट्टि बदाम बेच्ने जगराजकी श्रीमती सोमाली र लालकिल्लावरपर चरेस बेच्ने मुस्ताककी फुपूकी छोरी सलिमन, जो अहिले मुस्ताककी पत्नी पनि थिई । यी तीनै जना धन्दा गर्थे, आफ्नै शरीरको व्यापार । सोमालीको धन्दा त्यही खण्डहरमा चल्थ्यो । अक्सर स्म्याक खाने तिलक, भूषण र आजादले ग्राहकहरू त्यहीँ ल्याउँथे । सलिमन र फुलो भने साँझतिर रिक्सा चढेर सडकमा ग्राहक खोज्न पनि निस्किन्थे । फुलो कहिलेकाहीँ

रातभर चल्ने पार्टीहरूमा जान्थी । ऊ कहिलेकाहीँ आजादसँग पनि सुत्थी । उसकी दिदी राजवती र भिनाजु गुलसनले यसमा उसलाई निषेध गरेका थिए । गुलसन सधैँ भन्थ्यो— घरका मान्छेसँग न व्यापार न उधारो । गुलसन, राजवती र फुलो यो घरका बासिन्दामध्ये सबैभन्दा धनी थिए । गत वर्षदेखि फुलो आएर 'धन्दा' गर्न थालेपछि त उनीहरूको कमाइ यति बढेको थियो कि उनीहरू घर बनाउनका लागि घडेरी खोज्न लोनी बोर्डर क्षेत्रमा कैयौँपटक गइसकेका थिए ।

'यदि तँ त्यता गइस् भने म पनि त्यतै केही काम गर्न थाल्छु,' आजादले भनेको थियो । तर, पछिल्ला केही दिनदेखि उसको शरीर लगातार कामिरहेको थियो । रातभर उसलाई ऐठन पथ्र्यो । गुलसनले भनेको थियो— अब यो धेरै दिन टिक्दैन । स्म्याक खाने सबैको गति यही हुन्छ । आजादको अनुहार बच्चाको जस्तो निर्दोष थियो । ऊ गोरो थियो । तिलकको भनाइमा आजाद फतेहपुरको कुनै जमिनदारको छोरो हो । आमा-बाबु मरेपछि उसका दाइ-भाउजूले सबै जग्गाजमिन र सम्पत्ति कब्जा गरे । दाइको सालोले षड्यन्त्रपूर्वक उसलाई स्म्याकको लतमा लगाइदियो । स्थिति यस्तो बन्यो कि ऊ घर छोडेर भाग्न बाध्य भयो । मान्छेहरू भन्छन्— आजाद पहिले निकै किताब पढ्थ्यो ।

मैले आजादसँग धेरैपटक निकै अबेरसम्म कुरा गरेको छु । उसको बोली निकै सभ्य र प्रस्ट थियो । विदेशी परफ्युम र स्वदेशी अत्तर तथा घोडाबारे उसको ज्ञान देखेर म छक्कै पर्थें । कोसँग कसरी बोल्नुपर्छ भन्ने उसलाई थाहा थियो । स्म्याकको लतबाहेक उसको

व्यक्तित्वमा अरू कुनै दोष देखिन्थेन । तर, पछिल्ला केही दिनदेखि उसको शरीर निकै जोडले काम्न थालेको थियो । जसरी मलेरियाको तीव्र ज्वरोमा वा पार्किन्सन रोग लागेका मानिसको ज्यान काम्छ । मलाई भित्रभित्र लाग्थ्यो, कुनै दिन जब म त्यो खण्डहरमा पुग्नेछु, त्यसबेला फुलो, तिलक वा भूषणमध्ये कसैले मलाई भन्नेछ, 'तिम्लाई था'छ, विनायक, आजाद चार दिनदेखि आएको छैन नि ! चार दिनअघि बिहानै निस्किएको थियो, आजसम्म आएको छैन । तिम्ले कतै देख्यौ ?

यहाँ यस्तै हुन्छ । आजाद अब कहिल्यै फर्किने छैन । तर, म ? म विनायक दत्तात्रय ! म पनि यहाँ कति सुरक्षित छु र ? एउटा डरलाग्दो बेरोजगारीले चारैतिरबाट घेरिएको मेरो स्थिति यति खराब भइसकेको छ कि म त्यही ठेलानजिकै बसिरहन्छु । निकम्मा, अशान्त र बेहाल ।

खासमा म पनि अब त्यही जीवनको एउटा अङ्ग बनेको थिएँ । घर फर्किंदा छोरो र श्रीमतीको आँखामा देखापर्ने सन्तापको सामना गर्न सक्ने हिम्मत मभित्र बाँकी थिएन । राति जब मेरो छोरो मुखमा रोटीको गाँस हालेर बिस्तारै-बिस्तारै चपाउँथ्यो, मलाई लाग्थ्यो ऊ कुनै अँध्यारो भन्याङबाट पृथ्वीको तल-तल झरिरहेको छ र अब कहिल्यै पनि मैले उसको अनुहार देख्न पाउने छैन । मभित्र रहेको आत्माजस्तो कुनै चीज चुपचाप रुन्थ्यो । यो दुर्भाग्यको कारण जान्नका लागि जतिपटक पनि म आफूभित्रका कमी खोज्ने प्रयास गर्थें, मेरो विश्वास गर्नूस्, म सबै कमजोरी यो सम्पूर्ण व्यवस्था र तन्त्रमा पाउँथें । त्यो

तन्त्र, जसको निर्माणमा पक्का पनि कुनै सैतानको हात थियो । यो पक्का थियो, कुन दिनदेखि अचानक म पनि यो नुक्कड, चोकमा देखिने छैन । इज्जतदार र धनीहरूको यो सहर दिल्लीमा यसरी नै गायब हुन्छन् माग्ने, गरिब, रोगी र साधारण मानिसहरू । फेरि ती कहिल्यै फर्किन्नन्, कहिल्यै आउँदैनन् । यो सहरमा उनीहरूको स्मृतिसम्म बाँकी रहँदैन । उनीहरू कुनै अभागी फकिरको आँसुजस्तै हुन्, जो हिँडेपछि उसले टेकेको जमिनमा अरू केही रहन्न, खालि एउटा भिजेको डोबमात्र हुन्छ । त्यो आर्द्रता उसको समयका अन्यायले पैदा गरेका उसका मौन आँसु र थुकको आर्द्रता हो ।

इतिहासका खण्डित मूर्तिहरू र कोरोनेसन पार्कबाट निस्किइरहेको विशाल झुन्ड

हामी हाम्रो कुराबाट अर्कैतिर भड्कियौं जस्तो छ । कुरा मेरो फ्ल्याटनजिकैको चोकमा रहेको सञ्जय चौरसियाको पानको ठेलाको भइरहेको थियो । भड्किएर हामी यता बाइपासनजिकैको सोह्रौं शताब्दीको थोत्रो भवनतिर आइपुग्यौं । वास्तविकताचाहिँ के हो भने तपाईंले आफ्नो फ्ल्याटबाट बाहिर निस्केर कुनै चोक, गल्ली, आसपासको जीवनलाई नियालेर हेर्नुभयो भने तपाई बिस्तारै एउटा यस्तो सुरूङमा प्रवेश गर्नुहुनेछ, जहाँ एकदमै फरक मानिसहरूको बस्ती पाउनुहुनेछ । त्यहाँ एउटा बेग्लै किसिमको नागरिकताको निवास पाउनुहुनेछ । यहाँका कुनै घटना-दुर्घटनाका कुनै समाचार अखबारमा छापिँदैनन् । खासमा अखबारको काम नै यस्ता घटना-दुर्घटनाका समाचार लुकाउनु हो ।

यदि तपाईं दिल्लीमा हुनुहुन्छ र तपाईंलाई रातभर निद्रा पर्दैन भने बिहान तीन-चार बजे अचानक उठेर सडकमा डुल्न थाल्नुभएका बेला तपाईंले कुनै न कुनै दिन किड्स वे क्याम्पबाट राजघाटतिर जाने बाटोको दृश्य पक्कै देख्नुभएको होला । किड्स वे क्याम्पको नाम फेरेर अहिले विजयनगर बनाइएको छ । यदि तपाईं विजयनगर चोकबाट भित्र छिरेर निरङ्कारी कोलोनी वा मुखर्जीनगर जाने बाटोबाट अघि बढ्नुभयो भने बिस्तारै एउटा उजाड ठाउँमा पुग्नुहुनेछ, जसलाई कोरोनेसन पार्कको नामले चिनिन्छ । यद्यपि, यसलाई अहिले भव्य पार्कमा परिवर्तन गरिएको छ । खासमा यही ठाउँबाट यो क्षेत्रको नाम किड्स वे क्याम्प रहन पुगेको थियो । भारतमा अङ्ग्रेजको शासन रहेका बेला जब बेलायतका राजा जर्ज पञ्चम भारत आएका थिए, त्यसबेला उनको स्वागतका लागि यहाँका राजा-रजौटाहरूको क्याम्प यसै ठाउँमा बनाइएको थियो भन्ने गरिन्छ । उनीहरू बेलायतमा रहेका आफ्ना सम्राट्लाई स्वागत गर्न जम्मा भएका थिए । मानिसहरू भन्छन्– त्यो बेलाको स्वागत केही वर्षअघि भारत आउँदा बिल क्लिन्टनको जस्तो गरिएको थियो, त्यस्तै थियो । भारतका राजा-रजौटाहरूले यसै ठाउँमा अङ्ग्रेज सम्राट्को राज्याभिषेक गरेका थिए, जसलाई अङ्ग्रेजीमा 'कोरोनेसन' भनिन्छ । अङ्ग्रेज सम्राट्ले यहाँ गरेको भाषणलाई पछि राष्ट्रिय अभिलेखालयमा राखिएको थियो । भाषणको त्यो प्रतिलाई भारतीय इतिहासको एउटा महत्त्वपूर्ण दस्तावेज मानिन्छ । त्यसै बेला सम्राट्को मूर्ति बनाएर इन्डिया गेटमा एउटा सुन्दर छातामुनि स्थापना गरिएको थियो । पछि, सन् १९४७ मा

अङ्ग्रेजहरू भारतबाट फर्किए । त्यसको केही वर्षपछि विरोधी पार्टीका नेताले एक दिन छिनो लिएर जर्ज पञ्चमको नाक काटिदिएपछि त्यसबेलाका प्रधानमन्त्री, काङ्ग्रेस पार्टीका नेता जवाहरलाल नेहरू निकै चिन्तित भए । अनि, उनैले अन्य अङ्ग्रेज शासकहरूसँगै जर्ज पञ्चमको मूर्तिलाई पनि यसै किङ्स वे क्याम्पको कोरोनेसन पार्कभित्र राख्न लगाएका थिए ।

स्वतन्त्रतापछिका वर्षहरूमा यो पार्क बिस्तारै भिखारी, पागल, दीर्घरोगी, अङ्गभङ्ग भएर अलपत्र भएका मानिस, लागूऔषध दुर्व्यसनी तथा अलपत्र परेका अनागरिकहरूको अड्डा बन्दै गयो । कसैले चुलो बनाउन, कसैले घन बनाउन त कसैले हथौडा बनाउन पार्कमा सम्राट्सहित तमाम शासकका मूर्तिको अङ्गभङ्ग गर्न थाले । अर्थात्, मूर्तिबाट धातु निकाल्दै आवश्यक वस्तु बनाउन थाले । कसैले सम्राट्को टाउको झिकेर लग्यो, कसैले खुट्टा त कसैले हात । केवल शरीरको बीचको भाग मात्रै बाँकी रहेका डरलाग्दा मूर्तिहरू बढेको झाडीले ढाकिने गरी जमिनमा लडिरहेका हुन्थे । रातले दिनलाई घेरा हाल्ने बेला भएपछि दिल्लीका कुनाकाप्चाबाट यस्ता मानिसहरू पार्कभित्र आइपुग्थे र यिनै भाँच्चिएका, भत्किएका अर्धमूर्तिहरूका बीच सुतेर रात गुजार्थे ।

मैले अघि भनेजस्तो यदि तपाई दिल्लीमा हुनुहुन्छ र तपाईंलाई रातभर निद्रा पर्दैन, एउटा आशङ्काको अन्तहीन डरलाग्दो फिल्म तपाईंको दिमागमा रातभरि चलिरहन्छ भने छटपटी र ऐंठनमा मध्यरात वा झिसमिसेमा यहाँका सडकमा तपाई बिनाउद्देश्य भौतारिनुभएको

छ भने किड्स वे क्याम्पको कोरोनेसन पार्कबाट निस्केर बिस्तारै मालरोडमा राजघाटतर्फ घिस्सिइरहेका मानिसहरूको त्यो अपार भीड तपाईंले अवश्य देख्नुभएको होला । रातको अँध्यारो पूरै हटिसकेको हुँदैन, बिहानको हुस्सुले दृश्यलाई तिरमिर बनाउने गरी रहस्य भरेको हुन्छ । त्यसै बेला तपाईं देख्नुहुन्छ, फेलिनी वा एन्टिनियोनीका फिल्मका कुनै सर्रियलिस्ट सटजस्तो टुटफुट भएका, विकलाङ्ग, क्षतविक्षत भएका, आधा अधुरा मानिसहरूको विशाल झुन्ड राजधानीतर्फ अघि बढिरहेको छ । यस्तो लाग्छ मानौं, अघिल्लो शताब्दीको विश्वयुद्धमा कुनै सहरमा भएको भयावह बम वर्षापछि बाँचेका घाइते र विकलाङ्ग मानिसहरू त्यो ध्वंशका अवशेषबाट निस्किएर सुरक्षित जीवनको खोजीमा हिँडिरहेका छन् । कुनै अन्तिम आश्रयतर्फ । यहाँबाट घिस्रिँदै-घिस्रिँदै उनीहरू घाम उदाउँदासम्म राजधानीका सबै कुनामा फैलिइसक्छन् । तपाईं उनीहरूलाई बस स्टप, रेल स्टेसन, मन्दिर, दरगाह, सहरका सबै चोक र बाटोमा देख्नुहुनेछ । यी मानिसहरू झुपडीमा बस्नेहरूभन्दा बिलकुल भिन्न हुन् । स्वतन्त्रतापछिका दिनहरूमा यिनको सङ्ख्या निरन्तर बढ्दो छ ।

सञ्जय चौरसियाले पानको ठेला लगाएको चोकमा कहिलेकाहीँ कागजका रङ्गीन फूल र फिरफिरे बेच्ने एउटा आँखा फुटेकी र छालामा रोग लागेर अनुहार सेतै भएकी रूपना मण्डल किड्स वे क्याम्पको यही कोरोनेसन पार्कबाट आउँछे । उसँगै कहिलेकाहीँ आउने सात-आठ वर्षको हात नभएको सोहना पनि यही बस्तीको एउटा हिस्सा हो ।

तपाईंले देख्नुभयो होला, कसरी सञ्जय चौरसियाको पानको
ठेला भएको नुक्कड-चोकबाट सुरु भएको सुरुङ बाइपासको
खण्डहर हुँदै किङ्स वे क्याम्पसम्म पुग्छ र फेरि सम्पूर्ण राजधानीका
कुनाकाप्चासम्म फैलिन्छ । यदि तपाई यो सुरुङमा प्रवेश गरेर
चुपचाप यसमा हिँड्न थाल्नुभयो भने तपाईंले थाहा पाउनुहुनेछ, यो
सुरुङ जमिनमुनिमुनि पूरा देशमा फैलिएको छ र समुद्रको पिँधबाट
गुज्रिँदै पूरै संसारभर फैलिएको छ । यो एउटा फरक तरिकाको
भूमण्डलीकरण हो । यो यति साह्रै गोप्य र अदृश्य छ कि अहिले
नै कुनै समाजशास्त्रीले यसबारे विस्तारमा भन्न सक्दैनन् । जसलाई
यसबारे थाहा छ, उनीहरू बोल्दैनन् । उनीहरू आउने समयको
प्रतीक्षामा छन् । तर, यसमा सबभन्दा महत्त्वपूर्ण कुराचाहिँ के छ
भने सञ्जय चौरसियाको जुन पसलबाट यो सुरुङ सुरु हुन्छ, त्यो
मेरो फ्ल्याटबाट केही कदममात्रै टाढा छ । तपाईंले आफ्नो घर वा
फ्ल्याटबाट बाहिर निस्केर कुनै यस्तो ठेला वा फुटपाथ पसलको
जमघटमा सूक्ष्म तरिकाले हेर्नुभयो भने यो सुरुङको ढकनी त्यहाँ पनि
खुला पाउन सक्नुहुन्छ ।

रामनिवाससँग भेट र रहस्यको सुरुवात

यही नुक्कडमा मेरो रामनिवास पसियासँग भेट भएको थियो ।
इलाहावादको हन्डिया इलाकामा पर्ने गाउँ शाहीपुरबाट ऊ बीस
वर्षपहिले आफ्नो बाबु बबुल्ला पसियासँग दिल्ली आएको थियो ।
बबुल्ला पहिले रोहतक रोडको एउटा ढावामा भाँडा माझ्ने काम

गर्थ्यो । पछि, उसले तन्दुरी रोटी बनाउने र दाल-तरकारी बनाउने काम सिक्यो । पाँच वर्षपहिले उत्तरपश्चिम दिल्लीको समयपुर बादली गाउँको सुकुमबासी बस्तीमा आफ्नो झुप्रो ठड्याएपछि उसको परिवार दिल्ली निवासी बन्न पुगेको थियो । यद्यपि, उसले झुपडी बनाएको बस्ती अनधिकृत थियो र यसमा जुनसुकै समयमा नगरपालिकाले बुल्डोजर चलाउन सक्थ्यो । तैपनि, गत वर्षको चुनावका बेला यहाँका मानिसहरूको रासन कार्ड बनेदेखि अब हटाइँदैन कि भन्ने आशा पलाएको थियो ।

रामनिवास पसिया सायद सत्ताईस-अट्ठाईस वर्षको थियो । यस क्षेत्रका पार्षद रामलाल शर्माको सिफारिसमा उसले नयाँ दिल्ली नगरपालिकामा अस्थायी सरसफाइ कर्मचारीको जागिर पाएको थियो । ऊ दक्षिण दिल्लीको साकेत क्षेत्रको सफाइमा खटिएको थियो । बिहान आठ बजे ऊ एउटा झोला बोकेर घरबाट निस्किन्थ्यो । झोलामा प्लास्टिकको टिफिन बट्टा हुन्थ्यो, बट्टामा रोटी । डीटीसीको बस चढेर ऊ धौलाकुँवा पुग्थ्यो, त्यहाँबाट अर्को बस चढेर साकेत । कार्यालयमा हाजिर गरेर ऊ झाडु-कुचो लिएर आफूले सफाइ गर्नुपर्ने ठाउँमा पुग्थ्यो । मध्याह्नमा भोक लागेपछि ऊ कुनै ठेलावालासँग दुई रूपैयाँको तरकारी किन्थ्यो र घरबाट ल्याएको रोटी खाएर डम्म हुन्थ्यो । उसकी पत्नी बबियाले रोटी पकाएर राखिदिएकी हुन्थी । बबियासँग विवाह हुँदा ऊ सत्र वर्षको थियो । अहिले ऊ दुई सन्तानको पिता बनिसकेको छ, एक छोरा र एक छोरी ।

रामनिवाससँग मेरो भेट सञ्जयको ठेलामै भएको थियो । ऊ अक्सर हाम्रो टोलमा आइरहन्थ्यो । यसको कारण थियो, सुष्मा नामकी केटीसँग उसको चक्कर । घरघरमा लुगा, भाँडा धुने काम गर्ने सुष्मा हरेक दिन समयपुर बादलीबाट यो टोलमा आउँथी । प्रायः रामनिवास पनि सुष्मासँगै आउँथ्यो । उसले मानिसहरूका घरमा भाँडा माझ्दा र लुगा धुँदा ऊ कहिले सञ्जयको ठेलाबाट बिडी-चुरोट किनेर तानेर बस्थ्यो भने कहिले रतनलालको ठेलामा चिया पिएर बस्थ्यो । सुष्माको उमेर मुस्किलले सत्र-अठार वर्ष थियो होला । अर्थात्, ऊ रामनिवासभन्दा कम्तीमा पनि दस वर्ष कान्छी थिई । कालो-कालो रामनिवास दुब्लो पनि थियो । यदि फिल्म स्टार जितेन्द्र कालो, दुब्लो र गरिब भएको भए त्याक्कै रामनिवासजस्तै देखिन्थ्यो । सुष्मा उसलाई मन पराउँथी । यो कुरा उनीहरूलाई सँगै देख्दा नै थाहा हुन्थ्यो ।

रामनिवाससँग जोडिएको किस्सामै त्यो रहस्य छ, जुन म तपाईंलाई बताउन गइरहेको छु । मेरो तपाईंसँग खालि एउटै प्रार्थना छ, तपाईंलाई यो रहस्यबारे जानकारी कसले दियो भन्ने कसैलाई थाहा नदिनु होला । तपाईंलाई त थाहै छ, म पहिलेदेखि नै कतिवटा सङ्कटबाट घेरिएको छु । यसकै कारण झन् ठूलो जोखिममा म पर्न सक्छु ।

सुष्मालाई मैले हिजो पनि देखेको थिएँ । ऊ अचेल पनि हाम्रो टोलका केही घरमा काम गर्छे र हरेक दिन यता आइरहन्छे ।

तर, रामनिवास ?

रामनिवास केही महिनादेखि यो डबलीमा देखिएको छैन । आइन्दा ऊ कहीँ देखिने पनि छैन । सुष्माले उसका बारे कुरै गर्दिन, प्रसङ्गै निकाल्दिन । मैले पहिले नै भनेको थिएँ– यो यस्तो जीवन हो, जहाँ जुनसुकै बेला, जुनसुकै मानिस अचानक अनुपस्थित हुन सक्छ । त्यसपछि त्यो मानिस कहिल्यै देखिँदैन । पछि उसको स्मृति पनि हराउँदै जान्छ । उसलाई सबैले बिर्सिन थाल्छन् यदि उसलाई खोज्न थाल्ने हो भने पहिले उसको अस्तित्व भएको ठाउँमा केवल एउटा आर्द्रता र थोरै भिजेको माटो मात्र पाइन्छ । त्यो पानी र आर्द्रता नै यस ठाउँमा कुनै न कुनै मानिसको अस्तित्व पक्कै थियो भन्ने कुराको प्रमाण हुन्थे, जुन मानिस अहिले थिएन । र, अब कहिल्यै रहने पनि छैन ।

म तपाईंलाई त्यही रामनिवासबारे सङ्क्षिप्तमा केही बताउन चाहन्छु । रामनिवास नहुनुको साधारण वृत्तान्त । यसैमा त्यस रहस्यको पहिलो किनारा भेटिनेछ, जसबारे जान्नु यसबेला हामी सबैका लागि अत्यन्त आवश्यक छ ।

परार साल । तारिख थियो, २५ मे दिन मङ्गलबार । हरेक दिनजस्तै त्यस दिन पनि रामनिवास साकेत पुग्नका लागि बिहान साढे सात बजे घरबाट निस्कियो । उसको घरबाट साकेतको दूरी ४२ किलोमिटर थियो । उसकी पत्नी बबियाले रोटीको प्लास्टिक टिफिनसँगै एउटा अर्को स्टिलको डब्बा पनि झोलामा राखिदिएकी थिई । त्यसमा रामनिवासलाई मन पर्ने आलु र केराउको तरकारी

थियो । रामनिवास बस स्टप पुग्दा सुष्मा त्यहीँ थिई । उसले रातो सलवार-सुट लगाएकी थिई । अनुहारमा क्रिम पनि दलेकी थिई । ऊ निकै राम्री देखिएकी थिई । गत साताको शनिबार सुष्मा पहिलोचोटि रामनिवाससँग फिल्म हेर्न अल्पना सिनेमा हल गएकी थिई । मध्यान्तरमा दुवैले हलबाहिर आएर चाट-पापडी खाएका थिए । फिल्म हल र घर फर्किंदा बसमा पनि रामनिवास सुष्मासँग टाँसिएर बसेको थियो । उसले सुष्मालाई 'हुन्छ' भन्न निकै कर गरिरहेको थियो । सुष्मा टारिरहेकी थिई । तर, बसबाट झरेर घरतिर गइरहेका बेला भने एउटा मोडमा पुगेपछि रामनिवासले उसलाई मङ्गलबार बिहान बस स्टपमा आइपुग्न भन्यो । यदि सुष्मालाई मङ्गलबार बस स्टपमा नदेखे सबै समाप्त हुन्छ भन्यो । 'तिमी मेरो वास्ता गर्दिनौ भन्ने ठान्नेछु' उसले भन्यो ।

आज मङ्गलबार थियो ।

हरेक दिन बिहान नुहाएपछि रामनिवासले पत्नीसँग राति उभ्रिएका बासी रोटी मागेर खान्थ्यो । तर, आज भने उसको पेटमा भोक थिएन । बरू, मनमा एउटा अचम्मको अशान्ति मच्चिएको थियो । ऊ आफ्नो त्यो बेचैनीबारे पत्नीले थाहा नपाओस् भनेर लुकाउने प्रयास गरिरहेको थियो । घरबाट निस्किने बेला उसको मन उदास-उदास थियो । रामनिवासलाई लाग्थ्यो, उसका बारे सुष्मा द्विविधामा थिई । त्यसैले ऊ नआउने पो हो कि भनेर रामनिवास चिन्तित थियो । बस स्टपमा सुष्मालाई उभिइरहेको देखेर रामनिवास यति खुसी भयो कि उसले बसको सट्टा अटोरिक्सा (टेम्पु)मा जाऊँ भनेर जिदी गर्न

थाल्यो । तर, उसले जति जिद्दी गरे पनि सुष्माले मानिन । उसको भनाइ थियो, 'बेकारमा टेम्पुमा पैसा खेर फालेर आफ्नो कमाइमा आगो लगाउनुको के फाइदा ? बसमै जाऊँ ।'

रामनिवास हल्का निराश भयो । किनभने, उसको उद्देश्य सुष्मासँग टेम्पुको पछिल्लो सिटमा टाँसिएर बस्ने र उसलाई जिस्क्याउने थियो । तैपनि, आज बस स्टपमा आएर सुष्माले उसका प्रति आफ्नो आकर्षणको सङ्केत दिएकी थिई । यसैले उसको दिल खुसीले उफ्रिइरहेको थियो । उसलाई आफ्नो जीवन नै बदलिएको महसुस भइरहेको थियो ।

श्रीमती बबियासँग उसको हरेक दिन किचकिच र झगडा भइरहन्थ्यो । बच्चाहरूको देखभाल र घरको कामबाटै बबियालाई फुर्सद हुँदैनथ्यो । बच्चा सधैं बिरामी भइरहन्थे । ठूलो छोरो रोहनलाई त उसले कहिल्यै पनि हाँसेर खेलेको र दौडेको देखेकी थिइन । रामनिवासको तलबले बबियालाई कहिल्यै पुग्थेन । यद्यपि, त्यसमा दोष बबियाको थिएन, परिवारको आवश्यकताको थियो । तर पनि रामनिवास बबियासँग नै रिसाउँथ्यो । 'तेरो हातमा सह छैन । गोपालको कस्तो छ हेर् । उसका चारवटा बच्चा छन् । बाआमा छन् । घरमा पाहुना कहिल्यै टुट्दैनन् । मेरोभन्दा पनि कम तलब छ । तर पनि मजाले चलिरहेको छ । तेरो भने दिनरातको कचकच– यो भएन, त्यो पुगेन ।' ऊ अक्सर बबियालाई यस्तो भन्थ्यो । यस्तोमा बबिया केही भन्दिनथी । खालि तिखो नजरले रामनिवासलाई हेरिमात्र रहन्थी ।

बबियाको त्यो नजर दिनभर रामनिवासको दिमागमा सल्किइरहन्थ्यो । बबियाका तिनै आँखाका कारण रामनिवास आफ्नो एक-एक पैसा दाँतले टिपेर राख्थ्यो । भोक लागेका बेला पेट दबाएर बस्थ्यो । चिया खान मन लाग्यो भने कसै न कसैलाई फकाउने जुक्ति गर्थ्यो । डीटीसीको बसमा प्रायः टिकट नलिईकनै हिँड्थ्यो । रामनिवास कहिल्यै नहाँस्नुपछाडिको कारण पनि बबिया र आफ्नो दिमागभित्र हरेक पल बलिरहेका उसका आँखा नै थिए ।

त्यस मङ्गलबार रामिनवासले सुष्मालाई आफू कामबाट चाँडै फर्किने भएकाले दुई बजेसम्म सञ्जयको ठेलानेर कुर्न भन्यो । उसले भन्यो, हामी सँगै फर्किऊँला । तर, सुष्माले मानिन । उसले आफूलाई त्यहाँ उभिन असहज लाग्ने बताई । कसरी मोटर मेकानिक सन्तोष ऊसँग दायाँबायाँका कुरा गर्न थाल्छ र ठेलावाला सञ्जयले पनि जिस्क्याउँछ भनेर उसले रामनिवासलाई बताई । तर, पछि उसले सम्झाएपछि प्रतीक्षा गर्न तयार भई । र, आज पहिलोपटक सुष्माले रामनिवासलाई साकेतबाट फर्किंदा अनुपम सिनेमा हलनजिकैको पसलबाट खुर्सानीको पकौडा लिएर आउन भनी । यो पकौडाको स्वादबारे रामनिवासले सुष्मालाई निकै बढाइचढाइ गरेर सुनाएको थियो । सुष्माको यो आग्रहमा रामनिवासले हक दाबी गरेजस्तो आफ्नोपनको आभास पायो । उसले 'हुन्छ, म हेरौंला' मात्र भनेर बडो मुस्किलले आफ्नो खुसी लुकाउने कोसिस गर्‍यो । आफ्नो अनुभूति सुष्मासमक्ष प्रकट गर्न उसलाई मन लागेको थिएन ।

झाडु, जिमखाना र गुरूलाई हेरिरहेको मङ्गल

त्यस दिन रामनिवास निकै खुसी थियो । ऊ 'कुछ कुछ होता है' फिल्मको गीत गाइरहेको थियो । कार्यालयमा हाजिर गरेपछि उसले चोपडा साहबलाई आफ्नी श्रीमती बिरामी भएकाले अस्पताल लैजानुपर्ने भएकाले चाँडै घर जाने बतायो । त्यस दिन चोपडा साबले सजिलै हुन्छ भने । त्यसअघि बिदा माग्दा उनले जहिल्यै किचकिच गर्थे र छुट्टीको निवेदन लेख्न भन्थे । 'आज मलाई भाग्यले साथ दिएको छ !' रामनिवासले मनमनै सोच्यो ।

एउटा घरको ठूलो कोठा उसले सफा गरिरहेको थियो । यो ठाउँ सफा गर्नु उसको ड्युटीमा पर्दैन किनभने यो सरकारी घर होइन । तर, चोपडा साबले यहाँ हाकिम साब र उनका श्रीमती, बच्चाबच्चीहरू कसरत गर्न र आफ्नो जीउ घटाउन सधैं आउने भएकाले यो पनि सफा गरिदिन उसलाई भनेका थिए । खासमा यो एउटा जिमखाना थियो । यसमा पेट घटाउने, बोसो काट्ने, कम्मर पातलो बनाउने र मोटाइ घटाउने अनेक किसिमका मेसिनहरू राखिएका थिए । साकेतमा बस्ने ठूला मान्छे र उनीहरूका परिवार हरेक बिहान-साँझ यहाँ आउने-जाने गर्ने भएकाले चहलपहल भइरहन्थ्यो । यो घरको पहिलो तलामा एउटा मसाज सेन्टर र ब्युटिपार्लर पनि खुलेको थियो । अधवैंशे र उमेर ढल्किँदै गरेका सेठहरू यहाँ आएर आफ्नो मालिस गराउँथे । कहिलेकाहीँ भने मसाज सेन्टरका केटीहरूलाई आफ्नो कारमा हालेर बाहिरसमेत लैजान्थे ।

उसले कति जना प्रहरी अधिकारी र नेताहरूलाई यहाँ आउने-जाने गरेको देखेको छ । अधिल्तिरको नुक्कडको चिया पसले गोविन्दले भने अनुसार सुनिला नामकी यहाँकी एउटी केटीले एक दिन बाहिर गएको पाँच हजार लिन्छे रे ! 'साले सेठहरू यहाँ के-के गर्छन कुन्नि ? रातरातभर पार्टी चल्छ । वरपरका घरका कति केटाकेटीहरू राति-राति आउँछन्,' गोविन्दले भनेको थियो । यो जिमखानाले गोविन्दको आम्दानी बढेको थियो । किनभे त्यहाँबाट पेप्सी र सोडाको निकै माग आउँथ्यो । सेठहरू त्यहाँ रातभर मोजमस्ती गर्थे, रक्सी खान्थे । त्यसै कारण सफाइका क्रममा रामनिवासले त्यहाँको बाथरूममा यस्ता उटपट्याङ चीजहरू भेटेको छ, जसलाई तह लगाउन उसलाई साह्रै मुस्किल पर्थ्यो ।

'क्या मोज छ यार हाकिमहरूलाई । खाँदा खाँदा फुलिसके । बोसो घटाएर पनि घट्टदैन ! आफ्नो भने यो हालत । साला, त्यस्तो फोहोर नालीको माछा खाएर एउटा छोरो मन्यो । अर्को ह्वाँ औषधिको भरमा सास लिइरहेको छ,' रामनिवासले सोच्यो । त्यसै बेला उसलाई सुष्माको याद आयो । उसले दुई बजेसम्म सञ्जयको ठेलानेर बस्छु भनेकी छ । यो सोचेर ऊ छिटछिटो काम सिध्याउन लाग्यो ।

रामनिवास जिमखानाको ठूलो हलको भुइँमा झाडु लगाइरहेको थियो । झाडुलाई बाँधेको रसी खुकुलो भएकाले घरीघरी सिन्काहरू बाहिर निस्किइरहेका थिए । घरीघरी फुस्किइरहेको झाडुदेखि दिक्क भएर उसले सिन्कालाई बराबर बनाउन झाडुको मुठो भित्तामा ठोक्यो । यसरी ठोक्दा ऊ छक्क पन्यो । उसले फेरि ठोक्यो र पक्का भयो ।

अचम्मको कुरा के थियो भने झाडु ठोक्दा भित्ताबाट ठक्-ठक्जस्तो कडा आवाज नआएर धप्-धप्को आवाज आएको थियो । यसको अर्थ भित्तो खोक्रो थियो । भित्तो भित्रपट्टि खाली थियो । त्यसलाई प्लास्टरले छोपिएको थियो । भित्तानेर दुइटा कुर्सी, एउटा टेबल र दुइटा जुटका बोरा थिए । रामनिवासले यी सबैलाई त्यहाँबाट हटायो र बेस्कन भित्तामा झाडुको मुठोले हान्न थाल्यो ।

जे हुनु थियो, त्यही भयो । प्लास्टरमा चिरा पन्यो, पाप्रा उप्किन थाले । अरू जोडले हानेपछि भित्तामा एउटा भ्वाङ देखा पन्यो । त्यहाँबाट फिनेल वा ग्यामेक्सिनको जस्तो निकै कडा गन्ध आइरहेको थियो । त्यो प्वालभित्र नियालेर हेर्दा रामनिवासले जे देख्यो, त्यसले उसको सास नै अड्कियो । ऊ त्यहीँ जडवत उभियो । बाफ रे ! भित्र त नोटै नोट थिए । सय, पाँच सय र हजारका मुठाहरू ।

उसले भ्वाङको अझै नजिक गएर हेन्यो । भित्ताको प्वालको मुख ठूलो थियो । खोक्रो परेको भित्तामा कुनै गुफाजस्तो थियो, जसको भित्रभित्रसम्म पैसाका बिटैबिटा थिए । यहाँदेखि त्यहाँसम्म । गुफाभित्रको अँध्यारोमा पनि नोटका बन्डलहरू थिए । अँध्यारोको कालोले नोटलाई आफूभित्र समाहित गरेर लुकाइ राखेको थियो ।

रामनिवासको धड कन बढ्यो । उसको मुटु निकै जोडले धड्किन थाल्यो । डराइ-डराइ उसले यताउता नजर दौडायो । त्यहाँ आसपास कोही थिएन, ऊ मात्रै थियो । एक्लै । साकेतको कोठी नं. ए-११/डीएक्स ३३ को जिमखानाको ठूलो हलको त्यो भित्तो उसका अगाडि थियो, जसलाई झाडुको मुठोले हान्दा भत्किएर बनेको भ्वाङमा

पैसै पैसाका बिटा थिए । कालो धन... कालो धन... कालो धन... कालो धन... उसलाई कानमा कसैले सुस्तरी भनेजस्तो लाग्यो । उसको शरीरका एक-एक रौं खडा भएका थिए । जुन कुराबारे उसले खालि सुनेको मात्रै थियो, त्यो उसकै आँखाअगाडि, फगत एक सासको दूरीमा थियो । यो न कुनै सपना थियो, न कुनै कथा । यो एउटा सत्य थियो, जुन संयोगले अहिले उसकै आँखाअघि थियो ।

केहीबेर चुपचाप उभिएर रामनिवासले सोच्यो । र, कोठाको उत्तरी कुनाको टेबुलमा राखिएको आफ्नो झोला तान्यो । यताउता पल्ट्याकपुलुक गरेर पाँच-पाँच सयका दुई बिटा आफ्नो झोलामा हाल्यो । अनि, त्यो भ्वाङलाई टाल्नका लागि बोरा तानेर त्यहीँनेर ठड्यायो । टेबल-कुर्सी पनि त्यहीँ लगेर राखिदियो ता कि कसैले यस ठाउँबारे थाहा नपाऊन । उसले भुइँमा राम्ररी झाडु लगायो । प्लास्टरका टुक्रा र धूलो सिनिक्तै पान्यो । आरामले बाहिर निस्कियो र गोविन्दको पसलमा गयो । त्यहाँ उसले एक कप रङ कडा चिया र दुइटा मिठाई खायो ।

'आज साह्रै गर्मी बढेजस्तो छ, हिजो त यस्तो उधुम थिएन,' उसले गोविन्दसँग भन्यो । गोविन्द ऊसँग कुरा गर्ने मुडमा थिएन । किनभने, त्यसै बेला त्यहाँ एउटा जिप आइपुगेको थियो । जिपका मान्छेले पाँचवटा चिया र मट्ठी मगाएका थिए । 'गर्मी झन् बढ्छ होला,' गोविन्दले यत्ति भन्यो र चिया उमाल्न व्यस्त भयो । त्यतिबेला साढे एघार बजेको थियो । सफाइको आधाजति काम बाँकी थियो ।

तर, रामनिवास त्यहाँबाट काममा नगई सीधै आफ्नो कार्यालय पुग्यो । आफ्नो झाडु कार्यालयमा बुझायो र श्रीमतीको स्वास्थ्य झन् बिग्रिएको भनेर घरबाट फोन आएको बताउँदै निस्कियो ।

नोटको एउटा मुठोमा दस हजार रूपैयाँ थियो । यसको अर्थ रामनिवासको झोलामा यतिखेर बीस हजार रूपैयाँ थियो । यतिधेरै पैसा एकसाथ उसले जीवनभर देखेको थिएन । ऊ डराइरहेको थियो । यसैले साकेतबाट रोहिणी जाने बस चढ्दा उसले बाटोभरि झोलालाई पेटमा च्यापिरह्यो । यदि कुनै फुर्सदिलो मान्छे त्यहाँ हुन्थ्यो र उसले रामनिवासलाई गहिरोसँग हेरेको भए उसले थाहा पाउने थियो, त्यो अनुहारमा कति हडबडी र तनाव थियो ।

बस स्टपबाट रिक्सा चढेर ऊ सञ्जयको ठेलामा पुग्दा सुष्मा उसलाई पर्खिएर बसिरहेकी थिई । ऊ स्कुटर मेकानिक सन्तोषसँग मस्किँदै गफ गरिरहेकी थिई । सुष्मा यसरी अरूसँग मस्किएको देख्दा रामनिवासलाई रिस पनि उठ्यो । तर, जब उसलाई देख्नासाथ सुष्माले 'कहाँ कसको दराज फोऱ्यौ हो ? खुब रिक्सामा डुलिराछौ ?' भनेर सोधी, ऊ आत्तियो । सुष्माले फेरि सोधी, 'मलाई त दुई बजे आउँछु भन्थ्यौ, अहिले एक पनि बजेको छैन, यति चाँडै कसरी छुट्टी पायौ त ?' रामनिवास फिस्स हाँस्यो । त्यस ठाउँमा पुगेर सुष्मालाई देखेर होला सायद उसको डर अलि कम भएको थियो । अचानक ऊ आत्तिन छोडेको थियो ।

सपनाको अटोरिक्सा र आनन्ददायी रूख

'म त चाँडै भागेर आएँ !' यति भनेर सुष्मालाई हेर्दै हाँस्न थाल्यो । सुष्मा पनि हाँस्न आँटेकी थिई तर उसले त्यसैबेला सन्तोष र सञ्जयले उसलाई हेरिरहेको देखी । यसैले ऊ पहिलेजसरी नै उभिइरही, बिनाकुनै प्रतिक्रिया । रामनिवासले दुवैलाई चिया खाने भनेर सोध्यो । यसले सन्तोष र सञ्जय दुवै आश्चर्यमा परे । 'के हो ? ओभरटाइमको पैसा आयो कि क्या हो आज ?' सन्तोषले भन्यो । सुष्मालाई पनि थोरै अचम्म लाग्यो किनभने पैसाको मामलामा ऊ पनि रामनिवासलाई साह्रै कन्जुस, मक्खिचुस ठान्थी । चिया वा बिँडीका लागि उसले मानिसहरूका अगाडि अनेकखाले बहानाबाजी गरेको उसलाई राम्रो लाग्थेन । तर, त्यस दिन रामनिवासले सञ्जय र सन्तोषमात्र होइन, मोची देवीदिन र साइकल पसलवाला मदनलाई पनि एक-एक कप स्पेसल चिया खुवायो ।

सुष्माले 'पैसामा किन आगो लगाउँछौ' भनेर मान्दै नमान्दा पनि उसले त्यस दिन अटोरिक्सा भाडामा लियो । त्यसमा सुष्मासँग बसेर करोल बाग, कमला नगर, दीप मार्केट घुमिरह्यो । सुष्मालाई उसले पेप्सी र चाट-पापडी खुवायो । करोल बागमा पुगेपछि एउटा लेडिज पर्स किनिदियो । कमलानगरको कोल्हापुर रोडबाट पाँच सयका सलवार सुट र दुई जोडी चुन्नी पनि किनिदियो । सुष्मालाई यो सबै सपनाजस्तो लागिरहेको थियो । जब ऊ रामनिवासलाई हेर्थी वा उसले छुन्थ्यो, खुसीको एउटा झरनाजस्तो फुटेर उसलाई भित्रभित्र भिजाउँथ्यो । हिजोसम्मको उदास र चिन्तित रामनिवास आज अर्कै

भएको थियो । कैयौंपटक सुष्माले उसँग भेटघाट गर्नै बन्द गर्नुपर्ला भनेर सोचेकी समेत थिई । तर, आजको रामनिवास बिलकुल अर्कै थियो । अविश्वसनीय, खुसीका अनेक रङले भरिएको, कुनै सपनाको नायकमा ऊ बदलिएको थियो । यद्यपि, उसका दाह्री बढेर रुखका जराजसरी फैलिइरहेका थिए । र, सासमा बिँडीको चर्को दुर्गन्ध थियो तर पनि अटोरिक्साको पछिल्लो सिटमा जब-जब रामनिवासले उसलाई चुम्थ्यो, सुष्मालाई लाग्थ्यो फूलको कुनै बगैंचाभित्र ऊ प्रवेश गरिरहेकी छ ।

रामनिवासमा यो आश्चर्यजनक परिवर्तन कसरी आयो भन्ने सुष्माले थाहा पाइन । आजको मङ्गलबार समयपुर बादलीको बस स्ट्यान्डमा आएर मैले राम्रो गरिछु भन्ने उसलाई लाग्यो, जब कि, जाउँ कि नजाउँ भन्ने दोधारमा ऊ रातभर निदाउन सकेकी थिइन । उसको निर्णय सही साबित भएको थियो । संसारमा उसलाई पनि यति धेरै प्रेम गर्ने मान्छे छ भन्ने सोच्दा पनि ऊ खुसीले रोमाञ्चित भइरहेकी थिई । त्यतिबेला त्यो मानिस उसैसँग थियो । उसलाई रामनिवास साह्रै सोझो र निर्दोषजस्तो लागिरहेको थियो, जो उसलाई पाउन निकै व्यग्र थियो । केही दिनपछि जब सुष्मा रामनिवाससँग सुत्न थाली र उनीहरूको बच्चा पनि बस्यो, जसलाई उनीहरूले नाहरपुरको मित्तल क्लिनिकमा गएर फाले, त्यसपछि पनि त्यही दिनको अटोरिक्साको यात्रा उसको दिमागमा सधैं उस्तै गरी बसिरह्यो । यो एक सपना थियो, जसमा रामनिवास र सुष्मा दुई वर्षअघि २५ मे, मङ्गलबारका दिन अचानक प्रवेश गरेका थिए । त्यस दिन रामनिवासले साकेतको

कोठी नं. ए-११/डीएक्स ३३ को खोक्रो भित्तामा लुकाइएको पैसा भेट्टाएको थियो ।

हरेक खुसीका जरा नोटमा लुकेका हुन्छन्, त्यहाँबाट आनन्दको बिरुवा उम्रिएर बढ्न थाल्छ, जसमा सुख र मस्तीका फल फल्छन् । पैसाका बिटामा नै सायद मानिसका सबै राम्रा गुणहरू पनि बन्द भएर बस्छन् । रामनिवास प्रायः यस्तै सोच्थ्यो । ऊ अचेल अर्कै मान्छे बनेको थियो । उसको रहनसहन बदलिएको थियो । पहिलेको गरिब, फोहोरी र उदास जितेन्द्र होइन, अचेल ऊ चम्किलो, रङ्गीन र बोलक्कड गोविन्दाजस्तो देखिन थालेको थियो, जसको दाँत सधैं बाहिरै देखिन्थ्यो । उसको घरको हालत पनि सुध्रिएको थियो । उसकी पत्नी बबिया पनि सधैं खुसी देखिन्थी । घरमा मीठोमसिनो पाक्न थालेको थियो । हप्तामा कम्तीमा पनि दुईपटक मासु हुन्थ्यो । अन्डा त उनीहरूलाई जतिखेर खान मन लाग्यो, गएर ल्याइहाल्थे । बच्चाहरूले आइसक्रिम माग्ने बित्तिकै पाउँथे । कोही पाहुना आउँदा बबिया हल्दीरामको निमकी र ब्रिटानियाको बिस्कुट किस्तीमा राखेर ल्याउँथी र भन्थी, 'यस्सो थोरै भए पनि लिनूस् न !' सोफा, टीभी, भीसीआर, डबल बेड, फ्रिज किनिएको थियो । रामनिवासले पालिकाबजारबाट एउटा विदेशी सीडी प्लेयर पनि किनेर ल्याएको थियो । अब बच्चाहरूका लागि कम्प्युटर पनि किनिदिनुपर्नेछ भन्थ्यो । ऊ भन्थ्यो, 'जसलाई हेर्‍यो, त्यसैले आजको जमानामा कम्प्युटर नजाने प्रगति गर्न सकिँदैन भन्छन् ।' छोरो रोहन र छोरी उर्मिलालाई पढाउनका लागि उसले कम्प्युटर कोर्सको पनि खोजी गरिरहेको

थियो । उनीहरूलाई पढ्न अमेरिका पठाउने उसले योजना बनाएको थियो । 'अमेरिकामा पढाइ सकेर छोराछोरीले ठूलो कम्पनीमा काम गर्नेछन् र हरेक महिना लाखौं तलब पाउनेछन् !' ऊ सोच्थ्यो ।

पहिले कहिल्यै देखा नपर्ने, तर्किएर हिँड्ने आफन्त-नातेदारहरू पनि अहिले सपरिवार रामनिवासको घरमा आउन थालेका थिए । पहिलाको रद्दी घामड रामनिवासमा अहिले उनीहरू संसारका सबै गुण पाउँथे । कहिले बबियासँग त कहिले उसकै अगाडि उसको प्रशंसा गर्थे । टोल, समाज र आफन्तहरूका बीच उसको रवाफ बढेको थियो । विवाह छिन्दावर्दा उसको सल्लाह लिन थालिएको थियो । उसको घरमा चिट्ठी र निमन्त्रणाहरू आउन थालेका थिए । ऊ कुनैमा जान्थ्यो, कुनैमा जान्थेन । जहाँ जान्थ्यो, त्यहाँ निकै राम्रो सत्कार पाउँथ्यो । 'सबै आफ्नै मान्छे हुन्, मैले सबैलाई माफी दिएँ !' ऊ यस्तै भन्थ्यो र मानिसहरूलाई सहयोग गर्न अघि सर्थ्यो । छोटोमा, चल्तीको भनाइ अनुसार भन्ने हो भने रामनिवासका दिन फिरेका थिए ।

तर, रामनिवासले दिनदिनै रक्सी पनि खान थालेको थियो । सुष्मालाई भेट्नु नियमित दैनिकी जस्तो भएको थियो । उनीहरूको सम्बन्धबारे बबियाले थाहा पाएकी थिई तर उसले केही भनेकी थिइन । ऊ रामनिवासलाई राम्रोसँग चिन्थी । चाहे जेसुकै होस्, मलाई र बच्चालाई छोडेर यो कहीँ जाँदैन भन्ने उसलाई पक्का थियो, यसैले निश्चिन्त थिई । कैयौं दिन रामनिवास मध्यरातपछि मात्रै घर आइपुग्थ्यो । कहिले त दुई-तीन दिनसम्म गायबै हुन्थ्यो । त्यसबेला

सुष्मा पनि आफ्नो घरमा हुन्थिन् । तर, बबियालाई यसले पनि खासै फरक पारेको थिएन । टोलमा रामनिवासको इज्जत र फुर्ती बढेको थियो । ऊ सोझै सुष्माको घर पुग्थ्यो र उसकी आमा बिलाडी बाईका अगाडि नै उसलाई फिल्म हेर्न जाऊँ भन्थ्यो । बिलाडी बाई अरूका घरमा भाँडा माझ्ने र लुगा धुने काम गर्थिन् । सुष्मासँग केही जोर सलवार-कमिज, जुत्ता-चप्पल र गहना जम्मा भएका थिए । पहिला रामनिवाससँग जेमा पनि झगडा गर्ने सुष्मा अब उसले भनेका सबै कुरा चुपचाप सहन्थी । बोली फर्काउँथिन । रामनिवास रिसाउँछ कि भनेर ऊ डराउँथी । सुष्माकी आमाले उसलाई कतिपटक, 'यसरी कहिलेसम्म चल्छ ? तैंले उसमाथि आफ्नो अधिकार जमाउनुपर्छ । मान्छेले कुरा काट्न थाले' भनेकी थिई । तर, सुष्माले भन्थी, 'अरूले बनाएको घर म भत्काउन सक्दिनँ, आमा । उसका बालबच्चा छन् । जबसम्म चल्छ, यसरी नै चल्न देऊ ।' भित्रभित्रै उसलाई रामनिवास र आफू बाचुन्जेल यसरी नै चल्छ भन्ने विश्वास थियो ।

यति धेरै पैसा एकैचोटि कहाँबाट आयो भनेर कसैले यदि सोधेमा रामनिवास फरक-फरक जवाफ दिन्थ्यो । कसैलाई साकेतमा कसैसँग पाँच लाख लिएको छु भन्थ्यो । कसैलाई सेयर बजारमा लगानी गरेको छु भन्थ्यो । कसैलाई सट्टा बजारको बाजीमा पैसा मारें भन्थ्यो भने कसैलाई चिट्ठा पर्‍यो भन्थ्यो । कसै-कसैलाई त उसले मस्जिदछेउमा भेटिएका एउटा बाबाको कथा पनि सुनाएको थियो । उसले भनेको थियो— साधु महाराजले मेरो कानमा एउटा मन्त्र फुकिदिनुभयो, त्यसपछि त आँखा चिम्म गर्नासाथ सट्टामा पर्ने नम्बर मेरो आँखामा

छर्लङ्गै आउँछ । कतिले त रामनिवाससँग त्यो मन्त्र मागे पनि । तर, उसले ज-जसको कानमा मन्त्र फुक्यो, ती कसैले पनि सट्टाको नम्बर थाहा पाएनन् । त्यस्तालाई उसले भनिदिन्थ्यो– तिमीहरूको मनमा खोट छ, मन सफा छैन, त्यसैले नम्बर देखेनौ । 'कसैको ईर्ष्या नगर, कसैको कुरा नकाट, कसैलाई हानि-नोक्सान नपुर्‍याऊ अनि हेर सट्टा र चिट्ठामा पर्ने नम्बर आफसेआफ तिम्रो दिमागमा नाच्न थाल्नेछ,' ऊ यस्तो भनिदिन्थ्यो ।

मन लागेका बेला ऊ त्यो घरमा गएर भित्ताको भ्वाङबाट पैसा झिकेर झोलामा भरेर ल्याउँथ्यो । अचम्मको कुरा त के थियो भने यतिका दिनसम्म उसलाई कसैले गाली गरेको वा पक्रिएको थिएन । न त त्यो भित्ताको पैसा कसैले चलाएको थियो । यतिका दिनसम्म बिनारोकटोक पैसा निकाल्न पाएको रामनिवास अब चिन्तामुक्त भएको थियो । उसको हिम्मत बढेको थियो । तैपनि, कतै त्यो पैसाको वास्तविक मालिक आएर कुनै दिन त्यहाँ राखिएको पैसा अन्त सार्दैला कि भन्ने अलिअलि आशङ्काचाहिँ उसलाई थियो । यसैले उसले समझदारी र दूरदर्शिताका साथ दुइटा काम गरेको थियो । पहिलो काम उसले लोनी बोर्डरमा पाँच सय गजको एउटा जमिन आफ्नी पत्नी बबिया पसियाको नाममा किनेको थियो । र, दोस्रो करिब तीन लाख रूपैयाँ विभिन्न बैंकमा फरक-फरक नामबाट फिक्स डिपोजिटमा राखेको थियो । यसमध्ये पचास हजार रूपैयाँ सुष्माको नाममा पनि थियो, जसले अब सधैं यसै गरी रामनिवाससँग बस्ने निर्णय गरिसकेकी थिई ।

ताजमहलमा प्रेम, बाजका आँखा र पुलिस

यो घटना सात-आठ महिना पहिलेको हो । रामनिवासले सुष्मासँग आगरा र जयपुर घुम्ने अनि ताजमहलमा फोटो खिच्ने योजना बनायो । ऊ दुई-तीन दिन मोजमस्ती गर्न चाहन्थ्यो । सुष्मा पनि तुरुन्तै तयार भइहाली । उनीहरू रेल चढेर आगरा पुगे । स्टेसनबाहिर निस्किनासाथ एउटा ट्याक्सीवाला भेटियो । रामनिवासले उसलाई कुनै होटलमा लैजान भन्यो । 'कस्तो खाले होटल ?' यो सोध्दाखेरि ट्याक्सीवालाले यति तिख्खो नजरले उसलाई हेर्‍यो कि रामनिवासलाई लाग्यो– यसले मलाई भिखारी वा कुनै मामुली मान्छे ठान्यो । 'जुन भए पनि हुन्छ तर राम्रो, टप होटल । कुनै सडेगलेको सडकछाप होटलमा होइन नि,' रामनिवासले अलि कडा स्वरमा रवाफिलो पाराले भन्यो । ४०-५० वर्षको, देश खाएर शेष भएको खुर्रांट देखिने ट्याक्सीवालाले बाजको जस्तो चमक भएका आफ्ना खैरा आँखाले उसलाई हेर्‍यो । हल्का मुस्कानसहितको उसको नजरमा व्यङ्ग्य र उपेक्षा थियो । 'थ्री स्टार चल्छ ?' उसलाई लागेको थियो होला, थ्री स्टारको नाम सुन्नासाथ रामनिवासको फुर्तीफार्ती सेलाउनेछ । तर, रामनिवासले शान्त स्वरमा भन्यो, 'लैजा यार लैजा, तँलाई जहाँ मन लाग्छ त्यहीँ लैजा । थ्री स्टार... फाइव स्टार... सिक्स स्टार । तर, छिटो लैजा । मलाई तातोपानीमा नुहाइहाल्नु छ । त्यसपछि बटर चिकन डबल प्लेट ।' उसको यो कुरा सुनेर ट्याक्सीवाला खुर्रांटले उसलाई निकै गहिरोसँग हेर्‍यो । उसले चिलको जस्तो धारिलो नजरले सुष्मालाई हेर्‍यो र विश्वासमा व्यङ्ग्य मिसाएर बोल्यो– 'हस्,

मालिक ! हिँडिहालें । तपाईं गिजरमा किन तातो पानीको टबमा नै नुहाउनु होला । म हजुरलाई यस्तो होटलमा पुन्याउनेछु, जहाँ बटर चिकनमात्र होइन, अरू पनि धेरैथोक पाइनेछ ।' उसको कुरा सुनेपछि रामनिवासले हाँसेर भन्यो, 'बल्ल लाइनमा आइस । अब हिँड्, गाडी हाँकीहाल् ।'

बाटोमा ट्याक्सीवालाले सोध्यो, 'साब, कहाँबाट आउनुभयो ?'

'म दिल्लीबाट । दिल्लीकै हुँ । यूपी या एमपी-सेमपीको मान्छे ठानेको कि क्या हो ?' रामनिवासले धाक लगायो अनि सुष्मातिर फर्केर मुस्कुरायो । 'आगरा त म अफिसको गाडीमा बेलाबेला आइरहन्छु, महिना-पन्ध्र दिनमा,' उसले अझै थप्यो । साथै, रामनिवास डरायो पनि । गफ त लाइहालियो, यसले मेरो अफिस र पद सोध्यो भनेचाहिँ के भन्ने ? चौथो तह, स्वच्छताकर्मी ? झाडु लगाउने कुचीकार ? सफाइ कर्मचारी ? धन्न, ट्याक्सीवालाले केही सोधेन ।

होटल आइपुगेपछि रामनिवासले ट्याक्सीबाट सामान झार्न थाल्यो । ट्याक्सीवालाले भन्यो, 'पहिले होटलमा कोठा खाली छ कि छैन सोध्ने हो कि ? कोठा रैनछ भने अर्को होटलमा जानुपर्ला ।' सुष्मालाई ट्याक्सीमै छोडेर रामनिवास होटलभित्र गयो । काउन्टरमा कोठाको भाडा सोध्यो । एक मन त उसलाई यस्तो महँगो होटलमा नबसी कुनै अर्को अलि सस्तो होटमा जानुपर्छ कि भन्ने पनि लाग्यो । तर, तुरुन्तै उसले आफ्नो मन बदल्यो । र, दिनको पन्ध्र सय तिर्ने गरी कोठा बुक गर्‍यो । डबल बेड, फुल एसी रूम । काउन्टरमा बसेको मानिसले उसलाई कोठा हेर्न माथि पठायो र

होटलको एउटा केटोलाई ट्याक्सीबाट सामान ल्याउन पठायो ।

सामानसँगै कोठामा आउँदा सुष्मा डराइरहेकी देखिन्थी । 'यो कस्तो ठाउँमा ल्याएको, हरेक चीज सिसाजस्तो चम्किएको छ, कुनै चीज छुँदा पनि मैलिन्छ कि भनेर डर लाग्ने ! मलाई त्यो सामान ल्याउने केटो पनि ठीक लागेन,' सुष्माले उसलाई बिस्तारै भनी । कोठामा सामान राखेर होटलको केटो पानीको जग लिएर निस्किएपछि रामनिवासले सुष्मालाई भन्यो, 'के चिन्ता लिएकी । सब चिन्ता छोडेर मस्तसँग बस । जबसम्म गोजीमा पैसा छ, तबसम्म केको डर ?' त्यसपछि उसले प्रेमपूर्वक सुष्मालाई भन्यो, 'नजिक आएर बस र झोलाबाट बोतल निकाल ।'

कोठाको घन्टी बज्दा रातको साढे दस बजेको हुँदो हो । अघिल्लो दिन रामनिवासले सुष्मासँग ताजमहल हेरेर आएको थियो । त्यहाँ सुष्मासँग अनेक पोजमा फोटो खिचेको थियो । बाटोबाट अनेकथरी सामान किनेर ल्याएको थियो । यी खत्र्याकखुत्रुक सामानका साथ उसले सुष्मालाई फिरोजाबादी चुराको एउटा सेट पनि किनिदिएको थियो । चुराको सेट पाएर सुष्मा निकै खुसी भएकी थिई ।

'यति राति को मन्यो,' रामनिवासले सोच्यो । उसले ढोका खोल्यो । ढोकामा दुई जना पुलिस उभिइरहेका थिए । एउटा इन्स्पेक्टर थियो, अर्को सिपाही ।

'कोठामा केटी छ ?' इन्स्पेक्टरले रामनिवासलाई थर्काएर सोध्यो ।

'छ,' रामनिवासले भन्यो । इन्स्पेक्टर र सिपाही दुवै कोठाभित्र छिरे । इन्स्पेक्टरको बर्दीमा छातीनेरको गोजीको ठीक माथिको पट्टीमा बी.एन. भारद्वाज लेखिएको थियो । जुन निर्लज्जताका साथ इन्स्पेक्टरले सुष्मालाई एकोहोरो हेरिरहेको थियो, त्यो देख्दा रामनिवासलाई भयङ्कर रिस उठिरहेको थियो । तर, साथै ऊ डराइरहेको पनि थियो । सुष्माले गुलाबी रङको नाइटी लगाएकी थिई, जसको भित्रबाट कमला नगरबाट किनेको कालो रङको ब्रा स्पष्ट देखिइरहेको थियो । सुष्माको रङचाहिँ गोरी भन्न मिल्ने थियो ।

'तेरी स्वास्नीजस्ती त लाग्दिन ? यसलाई कहाँबाट उठाएर ल्याइस ?' इन्स्पेक्टरले सोध्यो । लगभग चारकुने भन्न मिल्ने अनुहार, रातारातो गहिरा आँखा, मेहन्दी हालेको निकै कालो कपाल र मोटा छाला भएको यो मान्छे पहिलो नजरमा नै घाग र लम्पट देखिन्थ्यो ।

'मेरो छिमेककी हो, सर । मेरी साली पर्छे,' रामनिवासले भन्यो । उसले झूट बोल्न सकिरहेको थिएन । उसको स्वरमा हडबडी र नम्रताको मिश्रणबाट उत्पन्न हुने कमजोरी थियो ।

'बोतल पनि !' इन्स्पेक्टरले टेबलमा राखिएको रक्सीतिर हेरेर छेड्‌डुँलाजस्तो नजरले सुष्मालाई हेरेर भन्यो, 'भगाएर ल्याएको हो ? हेर्दा त नाबालिगजस्ती छ ।'

'कति वर्ष भइस ?' उसले सुष्मालाई सोध्यो ।

'सत्र वर्ष !' डराउँदै सुष्माले भनी । किन हो कुन्नि उसलाई आज केही नराम्रो घटना हुन्छ र यो घटनाले उनीहरू दुवैलाई खत्तम पार्छ भन्ने लागिरहेको थियो ।

'ल हिंड् चौकी । त्यहीँ गएर मेडिकल चेक गरेपछि थाहा हुन्छ, केकति मोजमस्ती गर्यौ । तिमीहरूलाई धारा ३७५-७६ लाग्छ,' इन्स्पेक्टरले भन्यो । छेउको कुर्सी तान्दै उसले रामनिवासलाई भन्यो, 'पैसा कहाँबाट उडाइयो ? थ्री स्टार होटलको एसी कोठामा बस्ने हैसियत त तेरो देखिँदैन । कतै डाँका गरिस् कि क्या हो ? कसलाई ठगिस ?'

रामनिवासले रक्सी खाएको थियो । यसले उसको हिम्मत बढ्नुपर्ने । तर, सुष्माले आफ्नो सही उमेर भनिदिएर उसलाई थाहै नपाई फँसाइदिएकी थिई । रामनिवासले आफू पुलिसको जालमा परेको महसुस गरिरहेको थियो । केहीबेर सोचविचार गरेर उसले भन्यो, 'सरलाई के मगाऊँ ? यो बोतल त खाली भइसक्यो !'

'त्यो त होटलबाट आउँछ । अहिलेलाई त तिमीहरू हिंड्ने तयारी गर, चौकीमा । अनि, के यो यसरी नै ब्रा देखाउँदै जान्छे ?' इन्स्पेक्टरले स्पष्ट शब्दमा भन्यो ।

'चौकीको के अर्थ छ, सर ? तपाई जहाँ, चौकी त्यहाँ । यहीँ कुरा मिलाऊ न,' रामनिवासले हाँस्दै भन्यो । उसलाई आफैले भनेको यो कुरा सोचेर सुखद आश्चर्य भयो– उसभित्रको यो प्रतीभा अहिलेसम्म कहाँ लुकेको थियो ? उसले आफ्नो कुरामा समर्थन खोज्दै पलङ्छेउमा उभिइरहेको सिपाहीतिर मुन्टो घुमायो, उसलाई पट्याउने सुरले । रामनिवाससँग आँखा जुध्दा सिपाहीले हल्का मुन्टो हल्लायो । र, अलिकति हाँसो मिसिएको स्वरमा इन्स्पेक्टरलाई भन्यो, 'केटाकेटी रैछन्, सर । ताजमहल हेर्न

आएका । खानपिन गर्न दिऊँ । बरू, हामी पनि यिनीहरूसँग टाइमपास गरौं । भन् केटा, तँलाई यसमा केही आपत्ति छ ?'

रामनिवासलाई सिपाहीको नियत अलि ठीक लागेन । ताई न तुईसँग आइलागेको यो बेकारको लफडा भए पनि उसलाई रिस उठ्यो । 'हेर है, खानपिनसम्म ठीक छ । भारद्वाज सरले हुकुम दिनूस्, तपाईंहरूले जे-जे भन्नुहुन्छ, त्यो सब अर्डर हुन्छ । तर, यी साँच्चिकै मेरी साली हुन । मेरो विश्वास गर्नूस्, कसम,' उसले भन्यो ।

इन्स्पेक्टर पहिलोचोटि हाँस्यो । 'होटलको एसी कोठामा एक बोतल रक्सी रित्याएर तँ सालीसँग भजन गाएर बसेको छस् भनेर म पत्याउँछु, भाइ ? ठीक छ, आर.सी.को एउटा फुल बोतल मगा । अनि, चिकनसिकन केही खानेकुराको पनि अर्डर दिएर आइज । ...हुन त पर्खी, अर्डर म यहीँबाट दिन्छु ।' खाटमा चढेर इन्स्पेक्टरले सिरानीनेरको इन्टरकम टेलिफोनबाट होटलको काउन्टरमा फोन गरेर अर्डर दियो । र, त्यही खाटमा पल्टियो । कम्मरको पेटी खुकुलो बनायो । पलङको खुट्टापट्टि गुटमुटिएर बसेकी सुष्मा(लाई उसले भन्यो, 'तँचाहिँ ऊ त्यो कुनाको कुर्सीमा गएर बस् । यतातिर ढाड फर्काएर बस् नि फेरि, मेरो दिमाग खराब नगरी । अहिले रक्सी लाग्यो र मेरो 'कन्ट्रोल' गुम्यो भने फेरि दुवै जना मेरो नाम लिई-लिई रोऔला । यसै पनि दिनभर खैरीनी टुरिस्ट देखेर मन भड्किइरहन्छ, साला ।' उसको यो कुरामा सिपाही निकै जोडले हाँस्यो ।

डेढ घन्टामा पूरै बोतल रित्तियो । रामनिवासले एक बोतल पहिले नै चढाइसकेको थियो । पुलिसहरूसँग अरू तीन पेग पनि खायो ।

ऊ होसमा थिएन । नशामा के बोलिरहेको छु भन्ने उसलाई थाहा थिएन । इन्स्पेक्टर भारद्वाज र सिपाही राति १२ बजेतिर कोठाबाट बाहिर निस्किए । पाँच सय रूपैयाँमा कुरा मिल्यो । सिपाहीले पनि अर्को सय रूपैयाँ फुत्कायो । पुलिसहरू निस्किँदासम्म रामनिवास निकै थाकिसकेको थियो । रक्सीको नशा उसको दिमागमा चक्रजसरी घुमिरहेको थियो । उसलाई चक्कर लागिरहेको थियो । सुष्माले उसको टाउकोमा चिसो पानी हालेर अलि शीतल बनाउन भनेर बाथरूमतिर लैजान खोज्दै थिई, रामनिवास भुइँमै थ्याच्च बस्यो । उसले ह्वाल्लै छाद्यो । उसले लगातार उल्टी गर्न थाल्यो । केहीबेर पहिले खाएका नान, बटर चिकन र पुलाउ उसको पेटबाट निस्किइरहेका थिए । उल्टी गरिसकेपछि उसले सुष्मालाई आफूतिर तान्यो । त्यसपछि उसले केही देख्न सकेन । जतासुकै अन्धकार थियो । ऊ सीधै गएर ओच्छ्यानमा घोप्टो पन्यो । ऊ घुर्दा नाक र गलाबाट निस्किइरहेको आवाज यस्तो थियो, जस्तो आवाज कोसौंको यात्रामा थाकेको घोडाले लामो-लामो सास फेर्दा आउँछ ।

बिहान सुष्माले सुनाएको कुराले भने उसको होसहवास उड यो । हिजो राति नशाको सुरमा कसरी रामनिवासले पुलिसहरूलाई साकेतको घरको भित्ताको एउटा भ्वाङमा लुकाइएको पैसाका बिटाहरूबारे बतायो भन्ने कुरा सुष्माले उसलाई सुनाई । यो सुनेर उसको हंशले ठाउँ छोड्यो । कति चनाखो र सावधान भएर उसले यो कुरा अहिलेसम्म सबैसँग लुकाएको थियो । यतिसम्म कि आफ्नी पत्नी बबिया र सुष्मालाई समेत हल्का अनुमान हुन दिएको थिएन । तर, आज

रक्सीले सबै गुण-गोबर गरिदिएको थियो । उसले सुष्मालाई आफ्नो स्वास्थ्य बिग्रिएको र दिल्लीमा एउटा जरुरी काम याद आएको बहाना बनाएर जयपुर जाने योजना रद्द गर्‍यो । र, तुरुन्तै गाडी समाएर दिल्ली फर्किने निर्णय गर्‍यो ।

बुद्ध जयन्ती पार्क, नम्बरबिनाको कार र अन्तिम बिँडी

जुन कुराको उसलाई डर थियो, त्यही भयो । भोलिपल्ट कार्यालय जानका लागि ऊ घरबाट बाहिर निस्किँदा पुलिसको एउटा जिप उसको घरअगाडि आइपुगेको थियो । 'एसीपी साबले बोलाउनुभाछ,' सर्टको गोजीमाथि डी.के. त्यागीको ब्याच टाँसेको पुलिस इन्स्पेक्टरले भन्यो । रामनिवासले पुलिस जिपभित्रैबाट समयपुर बादलीको बसस्टप देख्यो, जहाँबाट ऊ धौलाकुवा जाने बस चढ्ने गर्थ्यो । सुष्मा त्यहाँ उभिएर उसको प्रतीक्षा गरिरहेकी थिई ।

सात-आठ महिना पहिलेको त्यो दिन सायद मङ्गलबार थियो । आकाशमा बादल मडारिइरहेको थियो, जुनसुकै बेला छिटा हान्ने अवस्था थियो । सञ्जय चौरसियाको पानको ठेलाअगाडि त्यस दिन मैले पहिलोपटक रामनिवासलाई भेटेको थिएँ । ऊ सुष्मालाई भेट्न आएको थियो । आकाशमा बादल लाग्दा, छिटा पर्न थाल्दा र चिसो हावा चल्दा उसले प्रायः भन्ने गर्थ्यो– आज त मौसमले सिटी बजाइरहे जस्तो छ । यस्तो बेला ऊ सुष्मासँग अटोरिक्सामा घुम्थ्यो । दुनियाँभरका अनेक चीज सुष्मालाई खुवाउँथ्यो । तर, आज ऊ निकै चिन्तित देखिएको थियो । आधा घन्टामा नै तीन-चारवटा चुरोट सल्काइसकेको थियो । कुनै बेचैनीले गर्दा होला, ऊ घरीघरी औंला

पड्काइरहेको र झट्कारिरहेको थियो । यस्तो लाग्थ्यो, ऊ भित्र तीव्र उथलपुथल चलिरहेको थियो । मैले रतनलालसँग दुई कप चिया मागें । रामनिवास कति हतास थियो भन्ने कुरा मलाई तबमात्रै थाहा भयो, जब उसले करिब-करिब उम्लिइरहेको तातो चिया एकै घुट्कोमा निल्यो । चियाको तातोले गर्दा उसको मुख र गला पनि पोल्यो ।

त्यतिबेला दुई/अढाई बजेको थियो । उसले साह्रै निरीह भएर याचनाले भरिएका आँखाले मलाई हेन्यो र भन्यो, 'विनायकजी म एउटा साह्रै ठूलो जन्जालमा फँसेको छु । जसरी भए पनि मलाई यसबाट जोगाइदिनुपन्यो । जीवनभर म तपाईंको ऋणी हुनेछु ।'

मैले उसलाई कुरा के हो भनेर सोध्दा उसले मलाई जे भन्यो, त्यही कुरा अहिलेसम्म मैले तपाईंलाई बताएको हुँ । उसका सबै कुरा सुनिसकेपछि मैले उसलाई जन्जालबाट बाहिर निस्किने उपाय बताउनै लागेका बेला सुष्मा त्यहाँ आइपुगी । सुष्मालाई देखेपछि रामनिवासले 'अहिले म जान्छु, भोलि बिहान भेट्छु' भन्यो । ती दुई जना एउटा रिक्सा चढेर गए । टाढा-टाढा भइरहेका उनीहरूको पिठ्यूँ रिक्साबाट देखिइन्जेल मैले हेरिरहें ।

रामनिवाससँग त्यो नै मेरो अन्तिम भेट थियो । त्यसपछि रामनिवास कहिल्यै त्यो नुक्कडमा फर्केर आएन । र, अब आउने पनि छैन । यहाँ उसका बारे जसलाई सोधे पनि कसैले केही भन्दैन । न पानको ठेलावाला सञ्जय चौरसिया बोल्छ, न चिया पसले रतनलाल । न मोची देवीदिन केही भन्छ, न स्कुटर मेकानिक सन्तोष । न साइकलको पड्चर टाल्ने मदनले मुख खोल्छ । यो नुक्कडबाट अघि

बढेर तपाईंले बाइपासको त्यो सोह्रौं शताब्दीको खण्डहरमा पुगेर सोध्नुभयो भने पनि सलिमन, सोमाली, भूषण, तिलक वा रिजवान कोही पनि रामनिवासबारे केही बोल्दैनन् । रङ्गीन कागजको फिरफिरे बेच्ने सेतै अनुहार भएकी रूपन मण्डल वा आफ्नो पति गुलसनसँग हरेक साँझ उसिनेको अन्डा बेच्ने राजवती, सबैले तपाईंको प्रश्नलाई यत्तिकै टार्नेछन् ।

यतिसम्म कि हरेक बिहान समयपुर बादलीबाट यहाँ आएर फ्ल्याटहरूमा भाँडा-कपडा धुने गोरी र पातली सुष्मा पनि केही नबोली छिटोछिटो हिँड्छे । अचेल ऊ प्रायः स्कुटर मेकानिक सन्तोषसँग अटोरिक्सामा घुमिरहेकी देखिन्छे । गत हप्ता मैले यिनीहरूलाई सिला सिनेमाघरको पछाडिपट्टि चाट-पापडी खाँदै गरेको देखेको थिएँ ।

जीवन यसरी नै चलिरहन्छ ।

यदि तपाईं समयपुर बादलीको फोहोर ढलछेउमा बसेको झुप्राहरूको बस्तीमा रामनिवासले छाप्रोबाट पक्की घरमा रूपान्तरण गरेको घरमा पुग्नुभयो भने त्यहाँ बिमार छोरो रोहन र छोरी उर्मिलासँग बसिरहेकी उसकी पत्नी बबियालाई भेट्नुहुनेछ । तपाईंले उसलाई रामनिवासका बारे सोध्नुभयो भने ऊ भावहीन पत्थरजसरी उभिने छ र यत्ति भन्ने छ– 'घरमा छैनन्, बाहिर गाछन् ।' तपाईंले कहिले आउँछन् भनेर सोध्नुभयो भने ऊ 'मलाई थाहा छैन' भनेर घरभित्र छिर्नेछ ।

नयाँ दिल्ली नगरपालिकाको कार्यालय साकेत, जहाँ रामनिवास काम गर्थ्यो, त्यहाँका चोपडा साब वा कुनै कर्मचारीलाई रामनिवासबारे सोध्नुभयो भने सबैको जवाफ एउटै हुन्थ्यो– 'दैनिक ज्यालादारीमा काम गर्ने

सयौं मान्छे आउँछन्, जान्छन् । सबैका बारे हाम्लाई कसरी थाहा हुन्छ ?

यो सत्य हो कि, दिल्लीमा रामनिवासबारे अब कसैलाई केही थाहा छैन । अब ऊ कहीँ छैन । उसको कुनै चिह्न शेष छैन । तर, पर्ख्नूस् । म तपाईंलाई रामनिवासबारे अन्तिम सूचना दिन्छु । त्यही सूचनाभित्र त्यो रहस्य लुकेको छ । र, त्यही रहस्यलाई तपाईंसम्म पुऱ्याउनका लागि मैले यो ओतको सहारा लिएको हुँ ।

यसै वर्ष अर्थात् सन् २०११ को २७ जुनका दिन दिल्लीबाट निस्किने जुनसुकै हिन्दी-अङ ग्रेजी अखबार 'इन्डियन न्युज एक्सप्रेस', 'टाइम्स अफ मेट्रो इन्डिया' वा 'शताब्दी सञ्चार टाइम्स' उठाएर हेर्नूस् । महानगरका समाचार छापिने पृष्ठ तीन पल्टाउनूस् । त्यस दिन यो पेजको दाहिनेपट्टि दुई कोलममा एउटा फोटो र फोटोमुनि सङ क्षिप्त समाचार छापिएको छ । बीस प्वाइन्टको यसको बोल्ड हेडिङ छ, 'रबर्स किल्ड इन इन्काउन्टर' । यसमा सोह्र प्वाइन्टको उपशीर्षक पनि छ— 'पुलिस रिकवर्स बिग मनि फ्रम कार' । स्थानीय रिपोर्टरको हावाला दिएर छापिएको यो समाचार अनुसार गए राति राजधानी दिल्लीको धौलाकुँवाबाट राजेन्द्रनगर र करोलबाग जाने रिज रोडमा बुद्ध जयन्ती पार्कनजिकै पुलिसले नम्बर प्लेट नभएको एउटा कारलाई रोक्यो । कारमा सवार मान्छेहरूले गाडी रोक्नुको सट्टा पुलिसमाथि गोली चलाउन थाले । पुलिसको जवाफी कारबाहीमा दुई जना अपराधी घटनास्थलमै मारिए भने अरू तीन जना अँध्यारोको फाइदा उठाएर भाग्न सफल भए । मृत्यु हुनेमा एक जना जालन्धरको कुख्यात अपराधी कुलदीप उर्फ कुल्ला थियो । अर्को

मानिसको परिचय खुल्न सकेको छैन । पुलिस उपरीक्षक सबरवालले कारको डिक्कीबाट तेईस लाख रूपैयाँ बरामद भएको बताए । यसमा पाँच सयका नक्कली नोटको मात्रा धेरै भएको पनि उनले बताए । पछिल्ला केही वर्षमा पुलिसले हासिल गरेको यो ठूलो उपलब्धि थियो । पुलिस उपरीक्षकले यो सफलतामा आगरा पुलिसबाट प्राप्त सूचनाको महत्त्वपूर्ण भूमिका भएको पनि बताएका छन् ।

समाचारमा छापिएको फोटोलाई नियालेर हेर्ने हो भने कार बुद्ध जयन्ती पार्कको ठीक अघिल्तिर देखिन्छ । कारका अगाडि र पछाडिका ढोका खुला छन् । कारको अगाडिको चक्कानेर एउटा मान्छे घोप्टो परेको छ । उसले टाउकोमा पगरी गुथेको छ । कारको पछिल्लो ढोकाको अघिल्तिर जो मानिस मरेर मिल्किएको छ, त्यसको टाउको आकाशतिर फर्किएको छ । तपाईं यसको अनुहारलाई ध्यान दिएर हेर्नूस् । सक्नुहुन्छ भने लेन्सको मद्दत लिनूस वा फोटो इन्लार्ज गराउन सक्नुभयो भने झन् राम्रो ।

कारको पछिल्लो ढोकानेर सडकमा मिल्किएको मानिस जसको टाउको आकाशतिर फर्किएको छ, मुख खुला छ, पाइन्ट तल झरेको छ र सर्टका बटन खुलेका छन् र जसको छाती पुलिसको गोलीले रक्ताम्य भएको छ, त्यो मानिस अरू कोही होइन, रामनिवास हो । ऊ नै त्यो अपराधी थियो, जसको आजसम्म प्रहरीले सनाखत गर्न सकेको छैन ।

उसको सनाखत अब कहिल्यै हुनेछैन किनभने उसलाई कसैले चिन्ने छैनन् ।

रहस्योद घाटन, गैंती, कोदाली र औलियाको दरगाह

अब तपाईंले त्यस दिन मुठभेड हुनुभन्दा दुई घन्टा पहिले के भएको थियो भन्ने थाहा पाउनु बेस हुन्छ ।

साकेतको कोठी नं. ए-११/डीएक्स ३३ नजिकै नुक्कडमा चिया पसल चलाउने गोविन्दका अनुसार त्यस राति करिब दस बजे पुलिसएको एउटा जिप त्यहाँ आएको थियो । जिपमा दुई जना पुलिस र तीन जना सादा कपडा लगाएका मान्छे थिए । उनीहरूले पहिले जिमखानाबाट केटाकेटीहरूलाई बाहिर निकाले र फेरि भित्रै गए । यसको करिब एक घन्टापछि जब गोविन्दले आफ्नो पसल बन्द गर्दै थियो, ठीक त्यसै बेला एउटा एस्टिम कार त्यहाँ आएर रोकियो । त्यस गाडीमा नम्बर प्लेट थिएन । गाडीबाट मझौला कदका एक जना सरदारजी उत्रिएका थिए ।

त्यही गाडीको पछाडिको सिटबाट उनीसँगै रामनिवास पनि झरेको थियो । उनीहरू घरभित्र छिरेका थिए । त्यसको लगभग डेढ घन्टासम्म सबै भित्रै थिए । उनीहरूले धेरैपटक भित्रबाट केही चीज बोकेर ल्याउँदै गाडीको डिक्की र पछाडिको सिटमा राखिरहेका थिए । त्यसै बेला खन्ना इन्टरनेसनल ट्राभल्स एन्ड कुरियर भएको अगाडिको चोकमा रातो बत्ती जोडेको एम्बेसडर कार आएर रोकिएको थियो । एस्टिम कार हिँडेपछि त्यो पनि पछि-पछि गएको थियो ।

गोविन्दले भने अनुसार बिनानम्बर प्लेटको हल्का हरियो रङको एस्टिम कार कोठीबाट फर्किंदै गर्दा ऊ पसल बन्द गरेर घर जाने तयारी गर्दै थियो । गाडी ऊ नजिकै आएर रोकियो । गाडीको

पछाडिको सिटमा बसेको रामनिवासले उसँग बिँडी माग्यो । गोविन्दले आफ्नो गोजीमा भएको गणेश छाप बिँडीको आधा बन्डल उसलाई दियो ।

गोविन्दले त्यसबेला रामनिवास डराइरहेको बतायो । उसका आँखा मूर्दाका जस्ता लागिरहेका थिए । रामनिवास केही भन्न खोज्दै थियो । त्यसै बेला कार ह्वात्तै अगाडि बढ्यो । यो गाडी एक जना सरदारले हाँकिरहेको थियो ।

धौलाकुँवा चोकबाट लिङ्क रोड यानी महात्मा गान्धी मार्गतिर नगई त्यसभन्दा अगाडिको सडकबाट बायाँपट्टि घुम्दा आउने सडक नै रिज रोड हो । यसै सडकमा बुद्ध जयन्ती पार्कअगाडि त्यो घटना भएको थियो, जसको फोटो र समाचार अखबारमा प्रकाशित भएको थियो ।

साकेतको कोठी नं. ए-११/डीएक्स ३३ को भित्तामा भएको भ्वाङबारे जुन जानकारी दिइएको थियो, त्यस अनुसार यसको आकार निकै ठूलो हुनुपर्छ । मेरो अनुमानमा कम से कम पनि यसको आकार बाह्र फुट लम्बाइ र तीन-चार फुट उचाइ हुनुपर्छ । रामनिवासले भनेको थियो, त्यो ठाउँ हजार, पाँच सय र सयका नोटका बन्डलले टनाटन भरिएको थियो । यस हिसाबले मेरो अनुमानमा त्यहाँ दस-पन्ध्र करोड रूपैयाँ हुनुपर्छ ।

त्यसैताका नयाँ बनेको सरकारले अघिल्लो सरकारका एक केन्द्रीय मन्त्रीको घर र अन्य ठाउँहरूमा सी.बी.आई.लाई छापा मार्न लगाएको थियो । मन्त्रीमाथि उच्चस्तरीय प्रविधि खरिद र ठेक्कामा

विदेशी कम्पनीसँग केही सय करोड रूपैयाँ कमिसन लिएको आरोप लागेको थियो । केही दिनका लागि उनी जेल पनि गएका थिए । पछि उनी आफूविरूद्ध जाँच गरिरहेको नयाँ सरकारकै मन्त्री बनेका थिए । प्रस्टै छ, त्यो पैसा तिनै मन्त्रीको थियो । जुन पैसा कुनै ग्रह-नक्षत्रको स्थिति अथवा आफ्नो भाग्य वा केवल संयोगले आफ्नो झाडुका सिन्का मिलाउन भित्तामा ठोक्दा भेटिएको भ्वाङमा रामनिवासले त्यस दिन देखेको थियो । त्यो पैसा सी.बी.आई. र आयकर विभागले छापा मार्दा भेटिएला भन्ने डरले त्यहाँ लुकाइएको थियो । अर्थात्, त्यो पूरै सम्पत्तिको कहीं कतै कुनै अभिलेख थिएन । यो 'अन-एकाउन्टेड' पैसा थियो ।

सञ्जय चौरसियाको पानको ठेलादेखि दाहिनेपट्टि साइकलको पङ्चर टाल्ने मदनको दोकाननेर पछिल्ला केही दिनदेखि पेटीमा दरी ओछ्याएर बसिरहेका पण्डित दिनदयाल उपाध्यायसँग मैले यसबारे अप्रत्यक्ष कुरा गरेको थिएँ । उनका अनुसार गुरू मङ्गलतिर फर्किएर तेस्रो घरमा बसेको छ, छैटौं घरबाट मङ्गलले पालैपालो गुरू र शुक्रलाई हेरिरहेको छ, कृष्णपक्ष चलिरहेको छ एवं संयोगले तिथि चतुर्थी वा नवमी परेको छ त्यसमाथि धनिष्ठा नक्षत्र परेको छ र विष्टीकरणले बनेको सिद्धि बिनाकारण उपस्थित छ भने त्यस्तो बेला कुबेरको विशेष कृपा प्राप्त हुन्छ । यस बेला अपार धन वा गाडधन पाउने प्रबल सम्भावना हुन्छ ।

बलियाबाट आएर नाहरपुरको ढलछेउको एउटा छाप्रोमा भाडामा

बसिरहेका पण्डित दिनदयाल शर्माले मेराबारेमा भने अनुसार अहिले मारकेस र शनिको साढेसातीको दशा चलिरहेकाले म राजकीय कोपभाजनको सिकार हुनेछु ।

मलाई लाग्छ, त्यस वर्षको २५ मे, मङ्गलबारको दिन सम्भवतः यस्ता दशामा कुबेरले रामनिवासमाथि कृपा दृष्टि दिएका थिए, जसले उसको भाग्य पूरै बदलिएको थियो । होइन भने तपाईं आफैं सोच्नूस्, सहरको फोहोर-मैला सफा गर्ने मामुली झाडुलाई कसेको डोरी खुकुलो भएर निस्किएका सिन्कालाई मिलाउन भित्तामा ठोक्दैमा उसले नोटका बिटा कसरी भेट्टाउँथ्यो ? नत्र ऊ कसरी केही महिनाका लागि भए पनि आफ्नो सपना र आकाङ्क्षाको संसारमा प्रवेश गर्न सक्थ्यो ? आफ्नी पत्नी बबिया, छोरो रोहन र छोरी उर्मिलालाई पेटभरि खुवाउन र मन परेका लुगा किन्ने सुख दिन सक्थ्यो ? आफ्नी नाबालिग प्रेमिका सुष्मालाई किसिम-किसिमका रङ्गले जगमगाइरहेको इन्द्रधनुषको त्यो लोकमा कसरी शयर गराउन सक्थ्यो, जहाँ एउटा ताजमहल पनि थियो । र, त्यही ताजमहलका अगाडि उनीहरूले विभिन्न मुद्रामा फोटो खिचेका थिए

साथसाथै ज्योतिषी पण्डित दिनदयालले यो पनि भने कि यदि यस्तो संयोगले भेट्टाइएको धन पापको, अपवित्र, कालो धन हो भने यसको परिणाम घातक हुन्छ । मलाई लाग्छ, सन् २००१ को २६ जुनको रात लगभग बाह्र बजेर दस मिनेटमा त्यही पापको घातले रामनिवास र उसका सपनाको हिंस्रक अन्त्य भएको थियो ।

तपाईंले सोध्न सक्नुहुन्छ, तपाईंसमक्ष पुन्याउनका लागि भनेर मैले यो कथाको ओत लिएको त्यो रहस्य के हो ? तपाईंलाई त थाहै छ, त्यस रात रिज रोडमा कुलदीप उर्फ कुल्लासँगै जुन बिनानम्बरको एस्टिम कारबाहिरपट्टि रामनिवास मारिएको थियो, त्यस कारमा जम्मा तेईस लाख रूपैयाँ मात्रै भेटिएको थियो । त्यसमध्ये पनि धेरैजसो पाँच सयका नोट नक्कली थिए । जब कि, पर्खालको खोक्रो भ्वाङबाट करिब बीसौं करोड रूपैयाँ हुनुपर्छ । जहाँसम्म त्यो पुलिस अफिसरको कुरा छ, जसको निगरानीमा 'अपरेसन रामनिवास' सम्पन्न गरियो, त्यो निकै सम्मानित र शक्तिशाली अधिकृत हो । उसका कैयौ अपार्टमेन्ट र फार्म हाउसहरू छन्, जहाँ उसले अक्सर पार्टीको आयोजना गरिरहन्छ । यी पार्टीहरूमा नेता, ठूला सरकारी कर्मचारी, पत्रकार, दिग्गज बुद्धिजीवी र वरिष्ठ साहित्यकारहरू आउने गर्छन् र रक्सी खाएर भुइँमै लडीबुडी खेल्छन् । राजधानीबाट प्रकाशित हुने अखबारहरूमा तपाईंले अक्सर उसको तस्विर देख्नुभएको हुनुपर्छ । यी मानिसहरू अब तपाईं-हामीजस्ता मान्छे रहेनन् । उनीहरू मिलेर एक-अर्कालाई ब्रान्डमा परिवर्तन गरिसकेका छन् । कविता वा कथा पढ्दा तपाईंले महसुस गर्नुभएको होला— अचेल तिनका हरफबाट रक्सीको तीव्र दुर्गन्ध आइरहेको छ । तिनीहरूका वाक्यमुनि कुखुरा, खसी र निर्दोष मानिसका हड्डीहरूको थुप्रो देखा पर्नेछ । यदि तपाईंले आफ्नो झाडु-कुचोको मुठोले समकालीन साहित्यलाई एउटा दह्रो प्रहार गर्नुभयो भने त्यही भ्वाङ यहाँ पनि देखिनेछ र देखिनेछन्— नोटका बिटाका बिटा । पापको अपवित्र कालो धन ।

म करिब चौथाई शताब्दीदेखि हाम्रो देशको राजधानीमा छु र साह्रै डराइरहेको छु । मलाई के आशङ्का छ भने दिल्लीको पर्खालको भ्वाङको रहस्यबारे मलाई थाहा छ भनेर कतै रामनिवासले त्यो पुलिस अधिकारीलाई भनिसकेको त छैन ? तपाईं बुझ्न सक्नुहुन्छ होला, मेरो जीवन यतिबेला कति खतरामा छ । यस्तो डर भए पनि यो बेकार जीवनका जति पनि दिन, महिना वा साल बाँकी छन्, त्यो समयमा रामनिवासजस्तै कसै गरी आफ्नो सपनाको संसारमा प्रवेश गर्न पाए हुन्थ्यो भन्ने मेरो कामना छ ।

यसैले अचेल हरेक दिन जब रात आधा हुन्छ र सहरका सबै मानिसहरू सुतिसक्छन्, तब म कालो लुगा लगाएर एउटा हातमा गैँती र अर्कोमा कोदाली बोकेर निस्किन्छु । र, अँध्यारोमा दिल्लीका भित्ता, पर्खालहरूमा ठोक्दै हिँडछु । मलाई पूर्ण विश्वास छ, दिल्लीका अधिकांश पर्खालहरू खोक्रा छन् र तीभित्र अकूत धन थुपारेर राखिएको छ । त्यो धन, जसको कहीँ हिसाब-किताब छैन, अभिलेख छैन । पूरा अन-एकाउन्टेड । आफ्नो जीवनको दिव्य पच्चीस वर्ष यत्तिकै खेर फालेकामा मलाई पछुतो लागिरहेको छ । पच्चीस दिनमात्रै पनि मैले यी पर्खालहरू ठोक्नमा खर्च गरेको भए म करोडपति भइसक्ने थिएँ र एउटा सम्मानित नागरिकको जीवन बाँचिरहेको हुने थिएँ ।

यदि तपाईंले यो कथा पढ्नुभयो भने गैँती र कोदाली लिएर तुरुन्त दिल्लीतर्फ रवाना भइहाल्नूस् । अचानक धन वर्षा भएर करोडपति बन्ने यही एउटा बाटो बाँकी छ । मिहिनेत, इमानदारी,

प्रतिभा, निष्ठा, लगन आदिको बाटोमा हिँडेर बाँच्न चाहनुहुन्छ भने तपाईं भोकै मर्नु हुनेछ । या, तपाईंलाई पुलिसले पछ्याउन थाल्नेछ । तपाईंलाई थाहै होला, आनन्दनारायण मुल्ला नामका न्यायाधीशले एकपटक भनेका थिए— भारतीय पुलिस वास्तवमा गुन्डा र अपराधीहरूको एउटा सुसङ गठित कानुनी गिरोह हो ।

अचेल म किड्स वे क्याम्पको कोरोनेसन पार्कमा अङ्ग्रेज सम्राट् र अन्य शासकका टुटफुट भएका मूर्तिहरूबीच भिखारी, स्याकका दुर्व्यसनी र लाबारिस नागरिकहरूसँगै सुत्ने गर्छु । म आफै पनि ती मूर्तिहरूजसरी खण्डित भएको छु । मेरो मेरूदण्डको हाड गलिसकेको छ र मलाई दमको रोग लागिसकेको छ । कहिलेकाहीँ मौका मिल्दाखेरि दिल्लीको चिडियाखाना अघिल्तिरको हजरत निजामुद्दिनको दरगाहमा लगाइएको सङ्गमरमरमा घन्टौं एक्लै बस्छु । र, औलियाले दिल्लीका सम्राट् गयासुद्दिन तुगलकलाई भनेको वाक्य दोहोऱ्याइ रहन्छु । जुन वाक्य सुनेर रक्सी र उन्मादमा डुबेको सम्राट् तुगलक सिर्फ एउटा टेन्ट (पाल) लडेर दिल्लीको सीमामा नै मरेको थियो । औलियाको त्यो वाक्य थियो— 'हनोस्त दिल्ली दुरस्त !' अर्थात्, दिल्ली अझ टाढै छ ।

औलियाको दरगाहसँगै अमिर खुसरोको चिहान पनि छ । अमिर खुसरो ठाडो हिन्दीका प्रथम कवि थिए । उनले आफ्नो जीवनकालमा दिल्लीका एघार जना सम्राट् र तिनका भारदार-आसेपासेको उत्थान र पतन देखेका थिए । तपाईंले यदि त्यहाँ गएर सैयद हसन निजामीको रजिस्टर हेर्नुभयो भने त्यसमा मेरो नाम लेखिएको देख्नुहुनेछ । मेरो

विश्वास गर्नूस्, म त्यहाँ आफ्नो मात्रै नभई, तपाईं सबै र मेरो प्यारो देशको हितका लागि प्रार्थना गर्छु । भरोसा गर्नूस्, औलियासम्म मेरो प्रार्थना पक्कै पुगेको छ ।

पुलिस र दिल्लीका शक्तिशाली मानिसहरूले मलाई झूटो अपराधमा फसाएनन् भने चाँडै नै म आफ्नो गैंती र कोदालीको भरमा दिल्लीका पर्खालहरूमा बनाइएका अनगिन्ती भ्वाङमा लुकाएको पैसा एक दिन निकालेरै छोड्नेछु ।

यदि तपाईं पनि आफ्नो भाग्य बदल्न चाहनुहुन्छ भने जहाँ हुनुहुन्छ, तुरुन्त दिल्ली रबाना हुनूस् । दिल्ली टाढा छैन । विश्वास गर्नूस्, करोडपति बन्ने यो नै अन्तिम उपाय हो । अरू जति पनि तरिकाबारे तपाईंले सुन्नुभएको छ, ती फगत मिडिया र अखबारले फैलाएका भ्रम हुन्, अरू केही होइनन् ।

उदय प्रकाशको लघुउपन्यास
मोहनदास

एउटा जेहेन्दार र प्रतिभाशाली युवाको कथा हो– मोहनदास वर्षौं प्रयास गर्दा पनि जागिर पाउन नसकेपछि आफ्नै गाउँ फर्किएर खेती गरिरहेको मोहनदासले एक दिन थाहा पाउँछ, उसको शैक्षिक प्रमाणपत्रका आधारमा उसैको नाम धारण गरेर अरु कसैले नै उसको जागिर खाइरहेको छ त्यसपछि सुरु हुन्छ उसको लडाइँ– आफूले पाउनु पर्ने जागिर, आफ्नो नाम र प्रमाणपत्रको अधिकारको लडाइँ यस लडाइँमा के ऊ सफल हुन्छ ?